廖宏強 著

我是急診人

自序　我是急診人

我是急診人，如果你是急診人，或者曾經當過急診人（因為急診人中途離席的比率實在太高），請你一定要大聲勇敢的說出來：「我是急診人。」因為那是一種榮耀，也是自信的表現。

到底誰是急診人？廣義的來說，我認為所有參與第一線病患急救的人都是急診人。院外的包括編制內的一一九弟兄，體制外支援的志工（比如苗栗的鳳凰志工隊，我們的好朋友鯊魚也是其中之一），院內當然是指醫護人員，那些幫忙推床的鐘點小弟也是，負責穢物清洗的阿姨都算；如此看來，那些在家替老人家做ＣＰＲ（心肺復甦）急救的也是囉！那麼幾乎人人都是急診人了，這樣牽拖，好像有點不合理。狹義的講，直接參與急診病患醫療過程的才是急診人，看來也只有一一九弟兄及急診醫護人員了，這也比較符合現狀。我是醫師，大概也只能了解我們這些醫護人員的急診人到底在幹什麼，本集子的文章大都也是身為醫護人員的急診人的故事。

幾年前在市區一家號稱全市影音設備最豪華的戲院（現在已經倒閉，原址變成了一間寵物醫院）看了部電影《英雄》，所謂一將功成萬骨枯，影片裏頭的無名（李連杰飾）背負了許多人，包括了自我了斷，或是技不如人，以及獻給秦王當貢品的張曼玉、梁朝偉，甄子丹等人的志願而刺殺秦王，一念之差間，無名這一將也沒成功，結果是全都死翹翹。同樣的，一位病患來到急診，從看診、住院到出院，絕對不可能是急診人的功勞；骨頭斷掉的是骨科，開刀的是外科，心肌梗塞的是心臟科，就算小孩在你面前生出來，感謝的還是計程車司機，因為他開車夠快，這也是理由之一。急診人永遠是這些大將底下的枯骨，如果沒有這樣的認知，請你就不要踏進急診人的領域〈抬起你的頭兒來〉。

隨遇而安是我的生活哲學（〈遺忘〉）。但是當醫生也不是沒有原則與堅持（〈白袍的承諾〉），而走入急診的那段心路歷程是我這一生特殊的際遇（〈緣〉），其中包括了我堅持回家鄉回饋的部分。當急診人，以往內科的訓練不是完全沒用，但也著實花了好一段時間摸索才了解急診大老苦口婆心一再提醒急診人必備的條件——快（〈上帝之手〉）、狠（〈英雄本色〉）、準（〈準〉）。但是，光憑快、狠、準，這一丁點功夫就想縱橫病患病情瞬間變化萬千的急診江湖顯然還不夠，你碰的釘子肯定足夠讓你釘一棟木板屋。這段不堪回首的往事，你可能有興趣，我卻寫不出來，因為裏頭的人、事、物，不管如何的掩蓋，寫作技巧再高超，明眼人還是看得出來，有違我急診人對病患保密的承諾，還是介紹你看一本書《關鍵時刻——急診醫病的溫馨故事》，這是由急診大老花蓮慈濟醫學中心急診部主任胡勝川醫師與醫護團隊把他們多年來在急診的故事引申出急診的處置、急診所需的高ＥＱ等知識而寫成的書，希望外行人更加瞭解急診，並且正確傳達急診的觀念。裏頭有篇文章提到急診人的「穩」，這才是已經貴為武林高手的你邁向盟主寶座的最後一套秘笈。

急診室是危急病人的第一線守護者，也是搶救生命的最後一道防線，過不了這關，病患不是見閻王就是會上帝。死亡的病患天天都有，見多了各式各樣悲慟的告別場面，是「人」就不可能沒有感覺，〈如何測量悲傷的程度〉和〈終點站〉都是個人的經驗，文字雖然輕鬆，心情卻如鉛般沉重。醫師雖非萬能，但是因此而相信有「神」（〈神〉）則是令人不敢苟同的事，倒不如多做善事積點德來的實際些。沒掛掉的病患也好不到哪裏去，全臺的急診室擁擠是普遍的現象，因此誰沒嚐過等床的滋味（〈等、等、等、等、等〉）？當然也不是所有的急診病患都是這麼難搞，急診檢傷分類一級的病患終究還是少數，但也不是全部都是傷風、感冒、拉肚子等等四級的小病，二級和三級的最多。病情大都為四級，但是表現卻讓人以為是一級而必須立刻處理的通常都是精神科的病患，這些急診人眼中最「牛」的病患，即使是精神科醫師也根本沒機會見識他們的「牛」脾氣，會談中眼見情勢不對時早就轉到急診來處理，連照會的單子也免了，當然也錯過了這些病患在課本知識以外的表現。當醫師久了，我常覺得躲在值班室裏埋頭苦讀如何幫得了飽受精神困擾的Neurosis及歇斯底里呢？

〈Neurosis〉與〈歇斯底里〉這兩篇文章是急診人特殊的經驗。

我服務的醫院急診室外頭幾乎每天都會有位個子矮小，體格卻可媲美阿諾史瓦辛格（沒錯，就是魔鬼代言人的美國加州州長阿諾）的中年男子晃來要杯水喝，其實是苦戀急診室的一位辣媽護士。沒人知道阿諾的過去，只曉得他精神異常，消失一陣子之後又會出現，每次碰面，除了一杯水，心裏頭還有股複雜的情緒把我倒回醫學生時期的一段回憶（〈上帝的代言人〉、〈狂人〉）。當然也不是所有的故事都這麼讓人心情鬱卒，〈啊！夢遺了〉、〈我的老大病患〉和〈放羊的孩子〉都是急診人經常都會碰到的趣事。急診人的生活當然不只是醫療而已，〈背影〉雖然還是離不開醫療，卻是平日生活家常事的感觸。

「你將來一定要做醫師嗎？」

唸醫的人總會被問到這個無聊卻往往不知或是無法回答的問題。在準醫師的養成過程中，除了醫療的專業知識，我們似乎真的什麼都不懂，耗了七年畢業不做醫師也不知道該做什麼？我在這行這麼久，每個節日過的都跟別人不一樣（〈變調的節日〉、〈月圓之時〉），連平常不過的下雨天亦然，〈下雨天〉一文中還有一些直到現在還是沒人相信我曾經割膠的趣事，凡走過必留下痕跡，只要一刀在手，即使過了二十幾年，我還是可以劃出一道美麗的膠路。當了這麼多年急診人，我是真心的為這些默默付出的同仁獻上最高的敬意，沒有人像他們那樣每天都睡不好，吃不飽還拚命工作（〈凌晨三點半〉），或許是真的怕惹上醫療糾紛而不得如此，套句老話：「沒有功勞，也有苦勞吧！」搶救病患的生命，維護病患的權益是急診人終生的信條，願以此書與我的病患、同儕和關心急診人的讀者分享我的故事，沒有他們的參與，就不可能有這本書的出版，謝謝大家。

目次

緣

一九九九年八月回馬強制服務到期第二天，我就離職。當時大女兒雙雙已出世，休學兩年的寶鑽也準備回臺灣繼續完成她的博士學位課程，預計最快也要五年的時間才能畢業。因此，我也開始赴臺的準備。當年許多同時還馬的同學大都放棄在臺的醫師執照考，直接回去參加大馬的醫師資格考，我則利用畢業後可以留臺一年的寬限期取得行醫執照。當年的堅持讓我可以順利回臺重新開始做醫師的日子，並且考取專科醫師的資格。闊別五年，臺灣的政局早已變天，藍天變綠地，國民黨下臺，換成了民進黨執政。

畢業前兩年，家鄉就開始陸續傳出政府要承認臺灣的醫科學位，也就是不必參加那個累人的資格考，畢業後直接就可以當醫生。以母校臺大醫科的顯赫資歷而言，說是學術的考量，倒不如看成是家鄉華人的選票考量還差不多。那個年代沒有網際網路，靠的都是寒暑假還鄉探親的學長姐們提供的訊息，以及家人三不五時寄來的簡報略知一二家鄉的近況。當時已近冬天季節，臺大醫學院兩旁的楓葉已差不多掉光，蕭瑟的寒冬景色漸次逼近，天氣也一天天的變冷。家鄉的傳聞雖只聞樓梯聲，還未見人下來，卻也令人有守的雲開終見日、春天花開的暖意緩緩而至的感覺，怎麼知道？畢業時卻再也沒人相信這個多變的馬來政府真的會無條件承認我們這些留臺人的資歷，要嘛！回家乖乖考試，不然就留在臺灣，蹉跎之間，青春已逝，對於一心想回鄉的我來說，沒有知名作家白樺「苦戀」的悲愴，只是熱臉貼冷屁股而已。實習醫師的生涯結束後，我被派到豐盛港服務，某個大熱天，竟然在大街上碰見我弟宏志的高中同學阿狼哥，真巧。

阿狼哥大學時與我同在臺大，聽說我在豐盛港當差，專程跑來請教有關資格考的一些疑問，我看是來豐盛港刁曼島遊玩才真，虧我還特地回老家居鑾抱來一堆參考書傾囊相授。當時已知他娶了位臺妹，於是語重心長的告訴他：「還是想清楚一點。」語言的隔閡、醫療執業認知的差異、家庭的調適以及制度的偏差等等這些結構上的問題恐怕才是留臺多年的我們必須認真考慮的事，而不只是資格考而已。數個月後，基於學長的關心，悄悄打電話到他家問問近況，家人說他早就回臺灣去了，就在見習的第二天，當然也沒考成資格考，一起落跑的還有其他人，在此不便一一道明。之後在臺北的內科專科醫師考場上又巧遇他，人已胖了一圈，生活舉止完全融入當地的醫界生態，從高雄飛來臺北坐的是頭等艙，住的是五星級飯店，下個月還要代表高雄×庚醫院到匈牙利布達佩斯參加世界醫學胸腔科大會，並且順道一遊，所有的一切費用都是藥商買單，還被他虧了一下：「學長，你在馬來西亞有這些好康的嗎？」往後彼此還有聯絡，最後還是按耐不住的問他當時為何落跑？

「學長，沒有意思，你知道嗎？」

我也不是很清楚話中的涵義，可能是詞窮，也或許是話中有話。阿狼哥確實是讀書的料，他的聰明不只是表現在倒背兩本內科聖經哈里申（*Harrison's Principles of Internal Medicine*）如此而已，識時務者為俊傑，他如犬類敏銳的嗅覺早已聞到大馬政府善變的個性。不久後政府終於發佈承認臺灣的醫科學歷，我們都不會忘記當時鋪天蓋地的新聞報導，表面的甜頭看在留臺的我們這些醫學生眼裏就如狗屎一坨，套句臺灣話「賭爛」再加三級。第一，自一九九六年斷頭，之前畢業的還是必須考試。多年前在家鄉一個有關醫療的網頁上看到一篇有關醫療的座談會報導，主角竟是已算過期（對不起，我必須這麼說）的何姓學長。就好像請我談談在僑生大學先修班該如何生活一樣，也才不過幾年的時間就已失焦了，更何況是一日千里的醫療行業。資訊的脫節，使得考取證照的難度更高，基本上對留臺的這批獨中生精英不是問題，態度才是關鍵。第二，就是必須完成實習醫師及取得醫師執照。內行的人都知道臺灣的醫師執照並不是想像中那麼好考，只有百分之三十幾的及格率，考到了就可以名正言順的在臺行醫。況且，大家幾乎都是自己打拚的一片天，誰鳥你馬來政府？我沒欠政府什麼，政府也沒欠我什麼，回去幹嘛？兩條畫蛇添足的遊戲規則把包括阿狼哥在內的學弟妹們變成了四年制的末代考生，就如同六年制改為四年制的荒繆一樣，乖乖牌永遠吃大虧，打混摸魚降級延畢的學弟妹們反而賺到，兩相比較之下，回去服務的人更不如前，馬來官方的統計數字可以說明一切。不要怪留臺的飲水不思源，結構上的設計才是真兇。阿狼哥雖然還是算錯了，也好歹混的不錯。「夢」終於醒了的大眼睛美美學妹就不是那麼幸運了。那時我被借調國大外科部，在病房巧遇她。美美學妹因為家庭的關係不得不回鄉，連在臺的醫師考也放棄，就等政府的「大赦」，無聊之極來國大見習看看。大赦消息傳來第二天，她來向我告別準備回臺。往事如煙，別再提起，弔詭多變的馬來祖國實在令人有身在江湖，事不由得你的感慨。

二〇〇〇年四月我隻身先行赴臺，帶著僅有的兩百美金回到基隆寶鑽以前的租處。房東太太依舊保留了當初的房間以及衣物，並且不收一毛錢（說真的，當時我也付不起）還白吃幾頓飯，先生的早逝並未在她年輕的臉龐留下自怨自哀的倦容。然而，歲月還是無情，五年多了，額頭也添了些痕，已升上中學的惠君還是一樣叫我叔叔。一切都沒變，一時間也竟有回到起點的感覺，只不過一小時車程的臺北卻已變的讓我連臺北的捷運也不會搭，八○年代的裝扮也與這個摩登的城市顯得格格不入。第二天拿著醫學會的徵人啟事錄求職，碰了幾個軟釘子，還和現在紅透半天的張炯明醫師吃了一頓飯（結果落跑），不知為何，可能是累了，或許是天注定，意興闌珊之下竟然逛到母校臺大醫院急診部，心想運氣好些，或許能碰見老朋友給個頭路找飯吃。輾轉得知同班的尊孔高才生立民兄在此受訓，至今他還怪我當年沒有邀他一起到桃園同班同學老爸開的×盛醫院參觀，結果吃了人家一頓龍蝦大餐的全都跑回Kampung（家鄉），沒嚐到蝦味的他卻成了醫院的元老。盛情邀約之下來到桃園，印象裏頭除了上大學之前必經的海青會訓練課程待在中央警官學校之外，已完全沒有記憶的留存。桃園，除了入出境的機場，看來不過是友人口中黑道雲集、牛肉場蓬勃發展的是非之地。客套一番，回去考慮看看，其實也沒多少選擇，深思過後還是決定落腳桃園，再找立民兄時他正巧休假，竟意外碰見沙巴的胖學弟書哥，兩人在急診的櫃檯前愣了一會，就跟電影的情節一樣，彼此相擁而笑，當晚就跟著他到苗栗一直至今，真是「有心栽花花不發，無心插柳柳成蔭」，該怎麼說呢？命運就是如此吧！

苗栗位於臺灣的中部，是個山城，以客家人居多，經濟活動以農業為主，尤其是水果，正如十幾年前的老家居鑾一樣，聽也沒聽過。書哥晚我一年，和阿狼哥是同學，其實當年大家都很混，別人讀書我們打球，別人挑燈夜戰也是讀書，我們則是拱豬、橋牌、大老二、麻將加大聲公消夜，一起騎著爛機車送西瓜到師大追學妹，也可能因為這樣而沒像我的同班同學星仔一樣讀書讀到頭腦秀斗。書哥因為是家中的獨子，當年和我們一樣都打算回家打拚，也和美美學妹一樣等政府的大赦，陰差陽錯之下來到苗栗，一起的還有大學時同房的勇哥及小黃。小黃大概是這麼多年後還保有當時那種傻調調的學弟，結了婚也一樣。勇哥則是我的直屬學弟，上面的是廖姓學長以及後來當上某區域醫院急診部主任的洪姓學長，更上頭的是天天做著美國夢的張姓學長及只聞其名不知何人，最後終於赴美的宋學姐，還是中學母校前校長的千金。除了宋學姐，大家都曾有志一同回鄉奮鬥，最後只剩奮鬥多年終成名醫的廖姓學長留在家鄉。我們這一族是同床異夢的夫妻，各過各的生活不相往來，學長從沒照顧過學弟，勇哥不計前嫌留我同居，想起來還真有點慚愧。大赦條款發布後，學弟妹們哀莫大於心死，不是娶妻就是嫁人，或者考醫學研究所以取得合法的留臺身分繼續留臺的夢，也因為報考年限的認定，全都比同期的臺生晚幾年考取專科醫師的資格。本來成績和我一樣不是很好的書哥不知受到什麼刺激竟然發憤圖強，成績排名前三畢業，平心而論，以全臺第一學府來說不可謂不優秀，最後直升中山醫大博士班，大概是留臺習醫最高學歷的本土代表。大家一起共事，笑談過去，彷彿一起捧杯拿到校內羽毛球系際杯三冠王及醫學杯冠軍的榮譽就在昨日，如今都已成家立業。

一同在異鄉同一醫院打拚的還有拿破崙，薛某，小小陳，李哥等等學弟。拿破崙喜歡找我聊天，尤其是家鄉醫界的八卦是非。他有一套個人的完整計畫，比如幾時完成專科訓練，什麼時候該學什麼東西，連ＭＲＣＰ（家鄉的專科醫師代名詞）的準備也赫然在列，並且常在網上post一些有關醫療的文章指點學弟妹們的迷津，有點半仙的意味，也是郎中，只是沒有騙錢。內科專科醫師考前，他不知為何辭職跑去屏東一間小醫院，錄取名單公佈後，大家還通過電話互相恭喜，問他落跑的原因？又是一句：「學長，沒有意思，你知道嗎？」故弄玄虛？還是唸醫的都是如此，除了專有名詞，其他的都不知如何表達？聊到往後的計畫，他選心臟次專科，我則拿急診。半年多後ＳＡＲＳ爆發，差點把臺灣變成一座孤島。急診人人聞ＳＡＲＳ色變，尤其臺北傳出兩位醫師掛掉的消息後，大家更是人心惶惶。同時留臺習醫的高中同學傻佬問我要不要一起落跑？當時已是騎虎難下，第一，醫院不會放人，第二，良心更過意不去，傻佬不以為然：「你以為掛掉後真有人會把你送進忠烈祠嗎？」、「別傻了，連駙馬都跑囉！」果然，晚間新聞就爆出駙馬爺請假的消息，回家與寶鑽商量後，她只有一句話：「你不是要救人的嗎？」不知是調侃？還是鼓勵？就留了下來硬起頭皮穿著幾公斤重的防護衣上場。拿破崙學弟卻跑了，看來走得很匆忙，連剛買的豐田Toyota Altis還來不及脫手就放在玉雲學姊那折價託賣，連夜飛回Kampung，大概從未想過會如逃難似的這樣回家為民服務。多年以後，彼此還有聯絡。

二〇〇〇年夏末秋至之時，我把家人接來臺，女兒雙雙已一歲多，接送的勇哥與嫂子一直逗著她，嘻嘻哈哈不知在笑什麼？見到我卻如看到可怕的壞叔叔一樣。寶鑽往臺北上課的日子，我的惡夢才開始，躲開還不大要緊，哭得呼天搶地，連隔壁鄰居都以為我在虐童而頻頻敲門關切，最後連警察也找上門，就這樣足足過了一年多身兼奶爸的日子。漸漸長大後的雙雙卻變成超級黏我的膽小鬼，她最喜歡聽我談起寶鑽懷她時，每天風雨無阻的在豐盛港中央醫院前海堤漫步，以及我們倆推著搖搖車讓海風吹拂她臉龐的往事。

「緣」，是中國文化中特有的詞，蘊涵著難以用語言描述的深意。我們經常會感嘆人生的聚散離合，有的人在我們的人生過程中不過是匆匆一撇、萍水相逢，但是有的人，有些事卻一直都與自己有關，或成為友人，或成伴侶，無論是親友、同學、同事、師生，夫妻、父母子女、兄弟姐妹等等，你我生命歷程中所遭遇到的所有人和事，一切看似偶然的相遇，其實都是天注定，這就是「緣」吧。

上帝之手

一九八六年世界杯足球賽八強賽的那場比賽，阿根廷最終以二比一淘汰英格蘭，並且贏得那一屆的世界杯冠軍。那場比賽最關鍵的進球就是阿根廷傳奇球星馬拉多納用手攻進的那球，這一球被世人稱為「上帝之手」；儘管英格蘭抗議，裁判沒注意，主辦單位更不在意，馬拉多納也一直不承認，英格蘭只好含淚打包回家。二十年後，馬拉多納在他主持的脫口秀節目「十號之夜」中談到這個世界杯足球賽的世紀大奇案，終於公開承認是他用手攻進去的，自己解開了足球史上最懸疑的進球之謎。馬拉多納說英格蘭門將希爾頓很高，跳起來也爭不過他，所以用手頂了進去，這讓他一整夜都沒睡著，哈哈云云說了一堆風涼話，最後還假仙的說人人都稱他為「足球上帝」，因為比利被稱為球王，所以沒有人敢叫他球王，巴西的球王對上阿根廷的足球上帝，誰勝誰負還難說呢？真夠屌。手段雖說有些齷齪，卻無損馬拉多納在我心目中的球王地位，因為我的身高也差不多如此，腳下功夫也是公認一流的水準。說實在的，用手撥球這個花招也幹了不少，甚至還有更不入流的陰招，友人說我如果生長在南美洲，肯定早已是馬拉多納第二。

醫學界裏也有許多的「上帝之手」，通常是泛指那些開刀技術精湛，醫功如鬼斧神工的醫師。被封為上帝之手當然是個榮耀，不僅病患仰慕，同儕也羨慕不已，還有什麼比這個稱號更「跩」呢？咱們中國人很少說上帝，那是老外的玩意，大家談的都是神仙鬼怪；因此，這些「上帝之手」也叫「神手」，既然是神的手，當然是有夠厲害，至於「神手」的由來，這裏頭還有個溫馨的小故事。據當事人的回憶，那是許多年前的事，當時臺灣有位名醫叫李西淋醫師（1922-1975），他曾把一位不幸罹患子宮頸癌的年輕太太轉介給以子宮頸癌切除術著名的徐千田大師（1912-1992），結果手術成功摘除痊癒。一九六三年，李醫師還鄉開業，年輕太太的先生扛著一副用大理石磨成的沉重匾額，特地搭了八個多小時的火車送給李醫師，上頭題著「外科神手」，鄉里一時傳為美談。

原以為只有好勝的中國人才會這樣比來比去，沒想到回到家鄉當實習醫師也有這樣的體驗。那期間，我有四個月的時間在婦產科實習，竟然莫名其妙被那位肥頭肥腦，專拍上級馬屁的總醫師Fitter先生勒令守在開刀房天天上刀；期間當然沒握刀的份，足足拉了一個多月的勾，剖了不知有多少位產婦，跟了所有醫師的刀，不單只是那些自認為高人一等的主治醫師，甚至那些小fellow，幾乎每臺刀都在比快，布告欄上的日冠軍、週冠軍，月冠軍的名一直在換，最後年度結算，看誰贏得快刀手的美譽，沒有獎品，走起路來有風倒是真的。唉！又是上帝之手在作祟吧！

當我一腳踏進急診醫學的大門，「快」卻成了真正救命的準則。我本身是內科出身，做事一向慢條斯理。所謂的內科醫師，套句外行話，就是學問多多說得天花亂墜卻對病患一點幫助都沒有的大夫，住院醫師訓練時天天守在病房等病患上門。其實，住院的病患大多數已經過一般的檢查及處置，尤其是經由急診收案進來的case。除非趕著下班約會，否則伸個懶腰、打個呵欠再去問診做理學檢查，寫病歷紀錄生命徵象，時間綽綽有餘，還可和家屬哈啦打屁增進醫病關係，找護士聊天加強醫護溝通；看不懂就「千百惠」，就是照會各個次專科，再不行，通常找那位頭腦直接，隨便劃個刀卻真的能夠解決病患問題的外科就過關，真是悠哉。但是，當我來到急診，此時此刻，當一位檢傷分類一級，冒冷汗主訴胸痛的病患來到我面前，這代表十分鐘內我必須完成病史重點與理學檢查、生命徵象的監測，十二導程的心電圖，如果是急性冠狀動脈的毛病，還必須包括氧氣給予、裝上生命徵象監視器、打上點滴、評估纖維蛋白溶解劑的適應症與禁忌症、血液檢查包括心肌酵素的檢驗、胸部X光攝影，並且考慮用MONA於這樣的病人。真的倒楣碰到心肌梗塞，還必須確定病患抵達醫院到纖維蛋白溶解劑藥物打上的時間必須在三十分鐘內完成；如果有導管室，則九十分鐘內經皮冠狀動脈介入治療（Primary PCI）必須完成；創傷的骨傷外科更不必說，簡直是天天與時間賽跑，難怪急診的醫護人員脾氣都很急躁、說話如機關槍、動作粗魯大條。沒有耐心，幾乎是每個急診醫護人員被病患或家屬寫在黃單上投訴的經驗，那表示你上道了，真的具備走急診的條件之一「快」，經過磨練後必定成才。

「快」是「神手」必備的條件，但是，「快」並不一定是好事，至少在我看來是如此，尤其是來看泌尿科醫師討論床第之間密事的病患。但是，身為醫師的天生優越感，使得這些天之驕子，事事總是想第一，讀書第一、開刀第一、美人第一、金錢第一、轎車第一、大屋第一……在學校就已經如此，畢業後在職場上也是如此，並且變本加厲。對於那些小fellow，一分幾秒的快感換來的也只是不斷為後來者破紀錄的無聊遊戲而已。同行都知道，外科醫師的養成並不容易。第一，病人都不願被拿來當練刀的對象，保護動物學會的人更不可能讓你把他們的寶貝拿來操刀，其實這也有點殘忍。因此菜鳥醫師都是從縫豬皮、切豆腐開始練習。第二，學生時代的解剖課是自己曾經唯一剖過真人肚皮的經驗，雖說是死人，好歹也有那種利器劃過肌膚的感覺，多年過去，也已經通通還給老師。菜鳥大概都必須熬了三年才可能有機會親自操刀，要練成「神手」，除了努力，可能還必須有一點天分。徐大師是許多神手的老師，他的子宮頸癌手術聞名國際，更被列入教科書成為標準處置方式，也是臺北醫學院創辦人及第一任院長，據他的學生回憶，徐大師教學嚴謹，每臺刀都親自牽著學生的手一步一步教，從拿刀、切開、綁線、縫合的要求等等都一絲不苟，如此嚴謹的教導，菜鳥麻雀才有可能飛上枝頭變成鳳凰，長期累積下來終於成為「神手」。李西淋醫師不過是其中之一，快且好。至於那些整天盯住我，盡想在我身上找麻煩，基本上還未出師的家鄉小fellow，彼此之間相互比「快」，套句家鄉居鑾華語老話，除了「好念」，還有什麼呢？其中的血淋淋場面，恐怕連上帝看了也覺得於心不忍。

英雄本色

一九八六年時我赴臺升造，整日關在僑大埋頭苦讀以便分發到理想的校系，那兒的生活只有三個字來形容——悶、悶、悶，個中的滋味，也只有在那待過的人才能體會出來，裏頭的一點一滴，我都把它寫進一篇散文〈寂寞的城〉，收在我的散文集《獨立公園的宣言》。

僑大位於林口鄉下，四周是茂密的樹林，沒什麼娛樂的場所，確實是個讀書的好地方，日子也真的有夠無聊。因此，每個月的大禮堂電影放映，幾乎場場爆滿，沒位子坐還得站著看，不然被班長記個缺席扣分，還會影響你往後的分發，這是多麼軍事化的管理，卻也是唯一的娛樂。多年過去，放過那些影片已記不起來，只記得周潤發、狄龍及張國榮主演的《英雄本色》；這部由吳宇森導演的經典港片攝於一九八六年，不但榮獲第六屆香港金像獎最佳影片、最佳男主角，二〇〇五年時更被香港金像獎協會以及電影評論學會評選為中國一百大電影中的第二名，也是港片之首。片中的激烈槍戰場面，對於那些來自泰緬越的僑生來說自然是小兒科，我等土包子則看得目瞪口呆。當時周潤發一身黑色長袍風衣的Mark哥（小馬哥）形象不知風靡了多少人，即使最後落得萬槍穿心的下場，大家還是不禁驚嘆，「男人」不是理當如此嗎？因此，人人都是一肩披風的裝扮，無風的日子也可擺款耍威風，經常把「友情擺第一，情義比海深」這句江湖話掛在嘴邊。除了Mark哥，狄龍演落難的大哥，與張國榮的警察弟弟都很出色，歹角成哥李子雄更是一炮而紅，也是這部片裏我最喜歡的角色，除了「狠」，再也沒有其他的字眼可以形容成哥的壞心眼。

「狠」可以解釋為殘忍，比如「狠毒」、「心狠手辣」，不單用在男人身上，女人也一樣，而且更甚，君不見蛇蠍美人、最毒婦人心嗎？其實，也別一竹竿打翻一船人，這個詞到底是好還是不好，還得看用在什麼樣的整體句意裏面。比如說一個人在某方面非常厲害，一出場就威懾天下，無人能比，就好像這句話：「張董是這行的狠腳，找他準沒問題。」表面上並沒貶的意思，還好像有點夯沙爹（拍馬屁）的感覺。當然，也有用在父母的身上，比如：「怎有這樣狠心的父母，把自己的小孩打得頭破血流。」被影射的父母就有不好的意思。痴男怨女也用得著，請看：「你怎能如此狠心把我拋棄。」講的都是負心郎，很少人會用在女人身上。但是，「狠」大多還是用在地痞、流氓以及黑道大哥那些暗示你惹不起的角色身上，沒辦法，人在江湖，不「狠」！如何當別人的老大。因此，當病患也當著我的面指著我幾乎光禿禿的頭說：「醫師，你怎麼那麼狠。」一時之間還未會意過來，感覺已經受傷，像隻受傷的獸舔著傷口悻悻然滾回值班室裏頭痛哭流涕，這時，不明就裏的護士還會跑進來在傷口上灑鹽：「醫師，你到底還是不是男人？」、「不夠狠，當什麼急診醫師？」

先不談「狠」。

那位護士在我嚴刑拷問之下，終於承認是小馬哥的忠實粉絲，又來一句：「男人，不是理當如此嗎？」簡直是當頭棒喝，身為急診人，應當如是，怎能躲在角落哭泣？其實，是不是男人，經常是男人問的問題，而不是女人，至少在我的職業生涯是如此。我在實習醫師階段有一個月的時間待在泌尿科，閒來無事就會被叫去跟門診的刀。

「我還是不是男人？」

這是即將被我們兩個穿綠衣（手術衣）男人磨刀霍霍切斷綁死兩側輸精管（就是結紮啦！）的男人手術前所問的問題。當時的病患都很客氣，加上醫師的權威光環還未退去，一臉就是肅殺屌屌的樣，尤其是外科體系的醫師，因此，病患都不敢有什麼疑問，又沒太上皇的聖旨——刀下留人，臨刀前只好做最後的諮詢，問我們這些看來一臉和善，其實什麼都只知皮毛的實習醫師。身為準醫師的我也不好意思老實說：「我只是拉勾的。」那多沒面子，就盡我所知告訴你。

「當然，你還是男人。」

一般人都有個似是而非的觀念，所謂「一滴精一滴血」，尤其是中國人，更強調「精、氣、神」乃人的三寶，可見精的重要和血同樣是人體最珍貴的東西。因此，如果發現尿道口有蛋清樣的分泌物，就擔心是「漏精」；小便有點泡沫，就是腎虧，現在要割ＬＰ，那還得了。

「你的疑惑與顧慮我都可理解。」

安啦！

男性結紮不過是切斷綁死兩側輸精管，比起女性結紮來的容易，是一種很安全簡單的手術，只要局部麻醉，三十分鐘內就解決，生產製造的工廠還在，只是斷了輸送管路而已，那些出不來的精蟲會被身體吸收，精液的「量」卻是幾乎不變；維持男人本色的男性賀爾蒙（睪丸素）則仍繼續由睪丸製造，睪丸動脈和靜脈也都原封不動。因此男人的本色還是正常經血液輸送到全身，當然還是百分百男人。

「謝謝啦！醫生。」

真是口水多過茶，當時確實是走內科的料，耐心十足，學問多多，口沫橫飛說了一堆，解決問題的事還是交給外科。至於「狠」？甚至連「兇」也勾不上邊，還談什麼「狠」。多年以後，當我漸漸長大成熟獨當一面冠上主治醫師這個招牌時，驀然回首，如果不夠「狠」，還是趁早轉科不要當急診科醫師；因為，當你插不上氣管內管而無後援，還在考慮該不該在病人的脖子上劃一刀通個管子時，他已臉色變黑，心臟跟著停止跳動，救也救不回了。當一位病患因意外流血過多來到你面前而靜脈管路打不上時，如果你不夠狠心在他的大腿骨插一個管子，或是在腳踝邊劃開沉底的血管接上管路，不一會他肯定會離你而去。當一位全身冒冷汗、呼吸困難、四肢發黑的病患被家屬抬到你面前，開口第一句話就是：「這個病危，會死，但是我會盡量救。」當病患執意不聽從醫囑而要離開醫院，請你一定要告訴他風險，再請他簽個自動離院切結書，不要因為病患一句：「可以嗎？」而心太軟，即使做到這樣，你還是會被那些從未露過面的家屬罵成狠心的醫師，不管病人的死活，要是出了什麼問題，那更是沒完沒了。當病患的家屬想出去一會，拜託你照顧一下家人時，請你一定要拒絕，堅持家屬一定要在場，否則老人家下床小個便跌斷腿，或是倒在洗手間，那一定賴在你身上等等等等。這些非直接醫療的事，你都得「狠」下心來。因此，當你有意走急診成為醫療第一線尖兵的急診人，先自問你，夠「狠」嗎？最好是有過之而無不及的「狠」，那你就具備了當急診人的第二個條件。

準

張大春是臺灣著名的作家，也製作主持過電視讀書節目，還上過趙少康主持的政論節目。當然，小說家發表的政見遠遠不如他的小說那樣精彩有趣，不過，這也無損他在我心目中的偶像作家地位。我在大學二年級時曾經擔任馬來西亞旅臺文學獎的籌辦委員會主席，那一屆的小說主獎因為評審的意見差距太大而難產，因此被迫召開會審，主持的工作理所當然落在我身上，以致小弟有幸和小說家近距離見面。當時是下大雨天，小說家篷頭散髮騎著輛爛機車來到總會，脫下雨衣第一句話就是：「我是張大春。」當時旅臺總會地址還在屋租相對便宜的景美區一條小巷子裏頭，晚上烏漆嘛黑的，經常有學長姐被騷擾的傳聞；因此，下雨的夜，突然冒出這麼位陌生人，想必作家已有自知之明先報上名號，只是我等鄉下佬真的沒多少人認得那時還未紅透半邊天的張大春，還好當時我在外頭，要不然棍棒齊下，小說家有什麼閃失，我可受不起。事後小說家叼了根馬×羅煙吞雲吐霧，側看之下還真有城邦暴力事件故事裏頭那些大俠的身影。

除了張大春，當時的評審還有朱西寧老先生及酷酷的馬樹禮，對於當時習醫之餘又愛好文學的小毛頭我來說，能夠和這些小說家見面也算是福氣，因此一直記在心裏頭，直到現在還是歷歷在目。不久前，張大春出了本書《認得幾個字》。這是他在臺灣、香港、新馬與北美同步刊載專欄的結集，即使出了書，目前還是可以在馬來西亞星洲日報的星期天專刊上看到小說家繼續教我們認字，一起體驗這位被譽為老頑童作家和他家小孩「認字」的故事。

就讓我東施效顰。教教大家我所認知的「準」這個字。如果你曾經有花錢算過命的經驗，不管是米卦、卜卦、塔羅牌或者紫微斗數，你心裏一定有個疑惑，這到底準不準？真的算得那麼準，又準到什麼程度？算過命的整天拿著命盤擔心自己的未來，算命後更慘，不僅未來依舊憂心害怕算命佬不好的預言成真，那些幸福美滿的畫面感覺又不踏實，好像是神棍的花招，最終就會有這樣的疑惑——到底準不準？與其如此，何必當初去算什麼命呢？真的是天下本無事，庸人自擾之。這裏頭，「準」或「不準」變成了無形的心理恐懼，我想還是乾脆拿張符咒自行拜拜就好；這時，老媽子就會出來教訓我：「這種神的事，不要亂說。」

這種問神、拜神及請神的傳統觀念，一直以來就是身為移民的華人生活在這片陌生土地上遇事不順或是身體微恙時祈求保佑平安解惑的方式之一。所以小弟的家鄉廟宇乩童特多，學佛拜道的善翁良婦一堆，過度迷信的結果也讓不安好心眼的壞蛋有機可趁，整日大搖大擺公然騙財騙色；可憐的小女生被玷汙了還以為是神的恩寵，錢沒了是鬼怪在作祟，一定得擺個更大的神來鎮壓；如此惡性循環，最終就被帶來見我：「醫生，你看是不是中邪！」到了這緊要關頭，還是鬼神的問題，可見荼毒之深，我也無能為力：「先拿藥回去試試看吧！」

除了神鬼特多，八〇年代時，小弟的家鄉也沒什麼娛樂。過年放大假時，最大的樂趣是看電影，要不然就是賭，尤其是老媽子的老家新村，賭風之盛，恐怕連賭神也望塵莫及。在地的賭馬票（暗的或是明的賽馬）、玩球（足球、羽球、籃球等各種體育比賽），自己運動打球時也在賭輸贏，閒時摸兩圈麻將已是家庭的例常娛樂，有些倒楣鬼還曾因為被不識做而下禁賭令的員警捉去大牢吃咖哩飯，最後大家剃光頭抗議，請出華基政黨才解決。出外則到著名的避暑勝地雲頂玩老虎機、百家樂、骰子輪盤，或者是坐×星號郵輪到公海，美其名觀光，實則大賭特賭；打賭大選的成績更不必說，連誰家女孩嫁的出去與否也賭，最後連下不下雨也不放過。那些過度沉迷賭博的人被尊稱為「博士」，往往是「勇伯」一位，不顧自己及家庭的經濟狀況，把財產賭個清光，甚至借高利貸扯黑道造成家庭問題層出不窮。可見小鎮之無聊，莫過於如此。

那麼多賭的玩意，以萬字票最興，因為玩法簡單，隨機由零至九抽出四個數字，再由馬會的馬去跑，第一名是頭獎，依此類推，獎金依次遞減，連小孩子都知道怎麼玩，結果就是你家的信箱隨時就會被某某大師的心水字預測這類傳單塞爆。這種無本生意到處都是，就像臺灣的地震牌，車禍牌等等一樣，簽中的人說「準」，奉獻過後再賭，沒撈到好處的當然說是黑白講，換個大師的字再賭。這種拿有價值的東西做籌碼來賭輸贏的遊戲，自古以來就是人類的一種娛樂方式，憑的是一個事件的因與不確定的果，心理交戰所引起的吸引力與刺激性必使體內的壓力賀爾蒙多巴胺成分上升而有輕快飄然之感，並且在短時間內就可看到結果，主要目的當然是為了贏取得更多的金錢或物質的價值，以及滿足精神上的需要，充分反映人的好勝天性，其實也沒什麼大不了，跟「準」和「不準」沒關係。只是賭博所帶來貪婪、講求運氣的風氣亦非健康社會應有的常態。大師的字到底準不準，說穿了其實是利用數學或然率的原理來誆人，反正「準」你發財我得意，「不準」你倒楣，賭到傾家蕩產關我鳥事？

準不準？其實男人更在意。國內有間大學為了男廁那些散落滿地而臭得半死的尿跡傷透腦筋都沒辦法解決，最後由一位天才想到一個笨卻管用的點子，就是在便斗上貼一隻蒼蠅的標籤，利用男人自豪「那根」必須也一定要「準」的心理，乖乖把小便尿到便斗裏去替那隻蒼蠅洗澡；尿不準！不是沒力就是腎虧，這可是攸關男人面子的榮譽，別開玩笑。如果你想當急診人，除了夠快，夠狠，你還必須夠「準」，「不準」？勸你最好還是考慮清楚。我不是叫你小便的技巧，而是成為急診人的條件之一。舉個例子，一位胸痛的病患，通常是什麼科都搞不清楚的老人家，號稱你家7-11的家醫科一定先上場，還好咧！大尾的不會這麼衰來敲我的門吧！了不起做個心電圖，也別太為難自家人，胸痛本來就不是他的專長，不如先找骨科看看。胸部X光正常，雖說來自於胸壁的肌肉、骨骼、神經的疼痛最常見，不過沒有創傷的病史，也無脊椎炎、關節炎等問題，放心啦！阿伯，這不必開刀，但是我想還是照會胸腔科會診比較妥當。

「其實，胸部是一個很複雜的部位，肺炎、肋膜炎、肺氣腫、肺腫瘤、肺栓塞、氣喘、氣胸等等都會造成胸痛。」

「應該排個電腦斷層仔細檢查。」

「不過，看你過去的病史都是腸胃的問題，不如先請腸胃科評估，因為消化系統的胃炎、食道炎及膽囊病變等等也會造成胸痛。」

超音波檢查正常，上消化鏡ＯＫ，不太像是腸胃的問題。

「只是這個心電圖看起來怪怪的，我替你掛心臟科。」

折騰了一個早上，老人家已經臉色發白，冒冷汗狀似休克，最終由一位路過的護理人員扶到急診。真正的考驗來了，你夠快嗎？病患意識清楚嗎？coma scale幾分？氣道有無問題？呼吸會不會喘？有無喘鳴的聲？脈搏怎樣？快？慢？規則嗎？強度如何？血壓多少？有無發燒病史？重點理學檢查的發現、十二導程的心電圖，氧氣給予、裝上生命徵象監視器、打上點滴、抽血液檢查、胸部Ｘ光攝影。凡是胸痛的原因，你一時也記不起來，腦海只有五個立即會使病患崩潰的原因——主動脈剝離、心包膜填塞、肺栓塞、心肌梗塞、心包膜炎。喔！原來是心肌梗塞，然後狠狠的對家屬說：「這個病會死掉。」打個電話叫心臟科醫師過來，趕快做其他的事，因為又來了一位胸痛的病患，前後只有十分鐘的時間，同是急診人的護士忙翻天，菜鳥嚇得當機，老鳥的這場震撼教育有夠讚，飄飄然像隻翹起尾巴的狗狗；急診人，你真是又快，又狠。

幾天後，當你例行參加mortality及morbility（死亡與併發症）研討會議時，即使是盛夏，院方為了節源不開冷氣，你還是頻打冷顫，臺上醫師報的病例是個可登上醫學雜誌的罕見案例報導——主動脈剝離併心肌梗塞及心包膜填塞，另一個是全世界只報導過一例的血癌併肺栓塞及心肌梗塞。真巧，都是當天前後來的病患。急診人，你知道問題出在哪裏嗎？除了快，狠，如果不夠「準」還是會出包。因此，急診人，還是乖乖的收起你的尾巴滾回急診慢慢磨吧！隨著時間的過去，你的刀工一定會變得即「快」，也「狠」，並且一定「準」。

凌晨三點半

時序正值華人農曆七月，也就是俗稱的鬼月。因此，這篇〈凌晨三點半〉的文章，不知情的人看到這題目，可能會以為是評論一部好萊塢低級成本製作的鬼怪恐怖片，或是過時的香港殭屍神話故事的文章。其實不然，當醫生的都知道，凌晨三點半，好像都是我們這一行永遠也擺脫不了的噩夢。

當你還未入眠的時候（就是還沒踏入醫學系的門檻），惡夢就開始跟著你。為了考上醫學系當個醫師，你一定經常K書到半夜，僥倖進入醫學系的窄門，以為從此擺脫三更半夜讀書的噩夢，卻沒想到課業更繁重、考試更難考，要畢業還真不容易，唸書唸到凌晨三點半更是常有的事（雖然不一定會過關，但是不唸更慘）。每當夜半走出房門，見到彼此的黑眼圈，還不忘調侃一下，怎麼起得這麼早？尿尿時身邊閃出個影子，還以為見鬼了，其實是精神不濟，搞得連室友都認不得，自己成了阿飄都不知。一間一間透著昏黃燈光的寢室錯落有致，偶兒有風吹過，晃啊！晃的！還真像荒郊野外燐火飄忽的墓碑。幾年下來，你看到我現在幾近禿頭的模樣就曉得「人」被耗損的多厲害，全班一百五十位準醫生，一般大概會被淘汰十分之一，另外的十分之一自我了斷。好不容易畢業考上醫師執照，噩夢卻還未結束，反而因為當上第一線處理病患的住院醫師，如果成了急診人，責任變得更大。一個月平均要值十班晚班，晚上睡不好，白日操太兇，整天吃得差，人卻沒因而瘦了一圈，反而變胖，這幾乎是同學聚會時的問候語。都是上夜班惹的禍，腸胃沒好好休息，填了一大堆便利商店的垃圾食物，體內的新陳代謝搞得亂七八糟，幾乎沒人能夠倖免，就算不是急診人，我那位專教人減肥的新陳代謝科醫師同事也是肥得走兩步就喘得不行了。

熬了六年（外科至少八年），終於掛上主治醫師的牌子，這下終於可以高枕無憂了吧！錯了！錯了！第一，因為你是主治醫師，病患有問題不會去找住院醫師的麻煩，最後還是算到你頭上來。所以，當電話鈴聲響起，你還是乖乖起床去看病人吧！第二，不要期望每位住院醫師都是超人，一大堆的都是菜鳥、呆頭、遲鈍及無厘頭，就像當年的你我一樣，而且不怕你罵，因為教學是你看病以外的另一個要務，要不然教學評鑑單上的分數會很難看，老闆就會請你喝咖啡，暗示你不要成為那顆壞了一鍋粥的老鼠屎。再來，永遠不要忘記，不會只有病患才投訴你，你的同儕更恨不得立刻打你的小報告，把你擠出這個競爭激烈的圈子。第三，大醫院沒有那麼多位子可容納主治醫師，除非你有後門，沒有嘛！對不對！也沒那麼多後門，你通常會到小醫院服務，裏頭根本沒有實習醫師及住院醫師可供呼喚使用，你就是第一線的醫師，急診更是如此。第四，別以為捨臨床走研究的路線就能擺脫，太天真了，你一樣也會被傳呼機子的聲音驚醒。因為趕交論文升等的壓力會使你凌晨三點半都會接到助理惶恐的向你報告那些寶貝實驗大老鼠出了點狀況：「請問應該如何處理？」第五，你早就習慣了，凌晨三點半自動驚醒，比鬧鐘還準。

身為急診人，你的病患也好不到哪兒去。那些在凌晨三點半這個時段上醫院的大概都是真的有病。第一種是睡不著，不願賴在床上，也沒有夜生活可以去狂歡的人，不是無聊，是真的有病。老的都是本身就已有一大堆內外科的病，臨時瞻妄症發作，如何能睡得著？年輕的基本上精神都有點問題，幾乎都是神經質，開兩顆安眠藥讓她回家，擇日再到身心失眠科門診追蹤。話還未說完，一位爛醉如泥，不願出場賣身且一身沾滿嘔吐穢物的女子可能就被抬到你面前，陪伴的也是一臉酒意，滿身橫肉且口氣態度極差的小弟，這些人都習慣把你當狗一樣的呼來喚去，你也不必在意，待久了早就麻木。第二種是胸痛、肚子痛、頭痛、四肢無力、意識昏迷及呼吸急促的病患。胸痛的最麻煩，除了心肺血管的急重症，還混了許多的神經質的在裏頭，通常都必須做一大堆的檢查來區分，其中有一些靜脈真的很難找，捱了幾針，病人不爽，你的臉色也不會好看。肚子痛的病患，即使是拉肚子，肛門沒破皮也不會在這個時段來找碴。痛的不得了的大概都是泌尿道結石，打個點滴回家。最怕早期急性盲腸炎，跟胃炎症狀沒兩樣，就算抽血、照X光，再掃個腹部超音波也根本看不出來；回來找你時已是腹膜炎併敗血症休克，這還沒關係，如果跑到另一家醫院去，大人，那可真是冤枉！因為你的敵人只會在傷口上灑鹽，隨口一句：「怎麼這麼慢才送來？」病患家屬的後續反應可想而知。第三，內科的病患多數很難搞，比如心肌梗塞，慢性肺阻塞疾病併急性發作。搞了半天，不是掛掉，就是轉院，僥倖活下來的也很慘。外科也一樣，這種時段發生車禍的傷患都沒有什麼好下場，大都是撞的稀巴爛加上多重外傷骨折內出血的重症病患。半夜起來上廁所跌倒的也好不到那去，通常是頭皮一大道撕裂傷，照個電腦斷層，不是出血也是腦震盪，頭痛頭暈吐得一地，累得清潔阿姨滿頭大汗。小兒科也不好惹，全都是高燒不退，並且大白天時已看過醫師吃了藥，燒還是沒退，通常父母已被小孩吵得一肚子火，你可能也累的口氣不太好，打什麼點滴？還是塞個屁股退燒劑，早上再來小兒科回診吧！要不然，再來一個口吐白沫、意識昏迷抽搐的病患就慘了。抬頭看看掛鐘，已是早餐時間。無線電的一一九救護隊員這時也來湊熱鬧：「××醫院，病患ＯＨＣＡ（到院前心跳停止），目前急救中，三分鐘到達，請準備。」本來已是頭昏腦脹得像灌了鉛一樣，這時體內的腎上腺素肯定會急速上升，來吧！

唉！凌晨三點半，除非你不幹這一行，否則惡夢一定跟著你。尤其是急診人，經年累月睡不飽，免疫系統容易改變而體弱多病，交感神經和副交感神經不平衡，進而造成自主神經受損，經常會莫名其妙的心悸、盜汗，那些知識不夠、沒常識又不看電視的急診人肯定以為自己是神經質，久了就會變成憂鬱症，就像灑狗血催人淚的連戲劇男女主角一樣割腕死在值班室也沒人知。再來，罹患心血管疾病的風險也增加，短命幾年是可以預見的事。因此，如果你討厭美夢正酣時，被無情的鬧鐘吵醒而一身冷汗匆匆忙忙爬起來，那你還是不要當醫生，更不要在壓力指數隨時都是滿分的急診當班。既然那麼辛苦，那你怎麼還幹得下去？聽起來你或許會不以為然，醫生就是憑著救人的強烈使命感，在凌晨三點半這病患與醫護人員都處在生死關頭的關鍵時刻搶救寶貴的生命。身為急診人，這當然是責無旁貸的事，我們以此為榮。

變調的節日

節日是中華文化獨特的一面，聰明的老祖先藉由生活環境及文化習俗的變遷而發展出來的特別日子，比如除舊迎新的過年、慎終追遠的掃墓清明節、拜拜普度孤魂的中元節以及月圓人團圓的中秋節等等。與西方的節日一樣，從遠古中國到現代，節日都與人民的生活有著密不可分的關係。我的先祖來自中國，當然也無法免俗的必須在這些特殊的日子過一天不一樣的日子。只是人在急診，全年無休，醫院也像7-11一樣二十四小時不打烊，醫護人員的心裏無時無刻都在高度警戒中，日子都一樣，過的節日卻完全不一樣。

急診人非機器，也亦有疲倦勞累的時候，尤其是凌晨三點半，加上菜鳥的磨練期，實不相瞞，這是最容易出錯的時候。因此，如果能夠像快餐速食一樣訂出個標準流程套來用該有多好。因為病患情況危急時，大都還未找出原因時就可能已掛掉，先救命，活了才有未來可言。而救命場景往往只能用兵荒馬亂四個字來形容，如何標準統一就是個學問，為此，老外特地搞了個高級心臟救護術（ACLS），目前醫護人員必須具備ACLS證照幾乎是教學醫院評鑑的基本要求，尤其是急診人。

ACLS的基本生命救命術（BLS）裏頭有一項異物哽塞急救的單元，因為參與ACLS學員的條件並不限制必須是醫護人員，各行各業對急救有興趣皆可（當然是不太可能過關），所以這個單元教學的場景設計大都是餐館，但是真正叫你像隻熊般從後抱著人家，或是倒地時壓在他人身上壓胸把哽塞的異物取出扮英雄，恐怕沒人敢這麼做，還是回到醫院吧！表演的時節大多落在端午節，時值夏季，也是疾病開始流行的季節，每戶家的門都會掛菖蒲艾草，或者「鍾馗」的畫像，大人喝雄黃酒，小孩配香包，這是個驅邪避惡保平安的日子；後來加入愛國詩人屈原的傳說，搞得現在要划龍舟，希望找到屈原的屍體，包粽子給魚吃，以免跳下汨羅江的屈原屍體被魚蝦吃掉，如此來紀念這位愛國大詩人，真是用心良苦。粽子，在中國人的巧手製作包裝下，也成了不一定在端午節時才有，而是隨時都能嚐到的美食，卻與冬至時大家必吃的湯圓，成了老人家異物哽塞而掛掉的主因。這些原本富有紀念意義的食品，也是我從小愛吃的糯米甜點，始料未及的竟成了端午節及冬至當班急診人的頭號戰犯。

所有的節日中，最令人期待的當然是華人農曆新年。家裏頭的大人為了這大日子總是忙得昏頭轉向，小孩子也樂歪了，因為識相的老師根本不會安排作業；還有新衣服穿，壓歲錢拿，吃的都是平日少見的雞鴨魚肉；鞭炮聲此起彼落，藥頭在硝煙瀰漫中炸得滿地開花，大家都玩得盡興；那是個真正不必傷腦筋的假日。接著是元宵節、賞花燈、猜燈謎，到處都是一片喜氣洋洋的歡樂氣氛。若非急診人，看到此時醫護人員的臉，還真以為是平日太忙沒時間上洗手間以致長期便祕的結果。談到過年，更是所有節日氣氛的噩夢開始。第一，班表永遠令人不滿意。當年在馬來家鄉，即使友族同胞幫忙，假期也不會超過三天。如果不巧是在友族較少的單位，恐怕連團圓飯都沒辦法吃，回娘家也是苛求，何況現今窩在都是中國人的地方。第二，禁忌多，新年期間，凡是認為不夠吉利的事都被列為禁忌之列，比如不能口出穢言、不能罵人、不能倒垃圾清穢物、甚至不能看病等等。加上私人診所大都關門休假，因此一堆的感冒拉肚子的小病都往急診跑。那些重病的病患，過完年後不是掛掉就是變得更殘，倖存者互道恭喜還活著，年後似乎都約好了一起回到急診，忙得急診人仰馬翻。家鄉還有回教徒的開齋節、印度人的屠妖節、老外的元旦，總不能自己過年吧！尤其是開齋節前一個月的齋戒月，因為禁食的關係，友族同胞的活動相對減少，「廖！你就多體諒點吧。」自此以後一切恢復常態，好不容易鬆了口氣。說著，說著，怎麼下起雨來了。

原來梅雨季節已至，這倒令我想起唐代大詩人杜牧的那首首膾炙人口，童叟皆能熟誦的詩〈清明〉。

「清明時節雨紛紛，路上行人欲斷魂。借問酒家何處有？牧童遙指杏花村。」

好一幅清明節淒涼蕭條的景象，真實的情況卻是人山人海。平日不見蹤影的孝子賢孫都會回老家結伴前往先人的墓前供奉水果香酒拜祭，順便清除墓上的雜草。除了朝山大拜拜，清明節正當早春三月，也是踏青、探春、尋春、郊遊的好時光。於是大家也會攜家帶眷，拎著大包小包食物湧向郊外，投入大自然的懷抱野餐去也。可想而知，被蚊蟲蛇蟻叮咬而紅腫過敏、甚至休克、太久不見陽光而過度曝曬導致脫水中暑、割草切到手腳、除芭燒燙到軀幹，這些一日當中難得同臺的病患通通報到。急診人，忙雖忙，想著接下來是中國人的情人節七夕也就認了。可是，現代的女孩，除了知道牛郎、織女在這一天從天河兩邊透過喜鵲搭的鵲橋見一面的傳說之外，相信你和我一樣，都不曾在這一天過情人節，二月十四日的瓦倫丁西洋情人節才是重點。老實說，急診人，你曾經這麼浪漫度過情人節嗎？別鬧了，過不了多久就是中元節，還是拜拜吧！

有關中元節來源的傳說不少，我認為最有意義還是目蓮尊者為拯救陷在地獄的母親，親自進入地獄，羅列百味供養眾餓鬼以解救母親這一套。在林口長庚當實習醫師時，因為內人的關係，有段時間常往基隆跑。基隆靠海，夏日戲水溺斃或船員出海遭遇不幸的情形多有所聞。七月半普渡時，除了陸地上的孤魂野鬼，死在水裏的也不能忘記，於是就有了放水燈的活動。入夜時分，海面上黃澄澄一片非常熱鬧，早已變成許多人在中元節時到基隆湊熱鬧的重要旅遊活動，與頭城中元的搶孤成為中元節的最佳賣點。鬼扯了那麼多，大概你會以為我真是無事可幹。不瞞你說，中元節確是醫院的淡季，尤其是骨外科，唯有急診例外，信不信由你。看似不該完蛋的老病患大都選在七月半見閻羅王，真的等不到九月初九敬老尊賢的重陽節，更別說是吃火雞大餐的聖誕節。

從小到大，聖誕節對我來說都不是什麼值得大事慶祝的特別日子，那天沒有火雞大餐，也無聖歌。中學時為了泡妞，懵懵懂懂的跑去住家附近的教堂去唱聖歌，歌沒唱好，每天看到那些虔誠的婦女跪倒在地痛哭流涕，好像是求上帝的原諒吧！那種歇斯底里的震撼場面嚇的我從此不敢踏進教堂，直到大學時才隨著信主的友人到臺大對面新生南路的懷恩堂唱詩歌。就如一首馬來諺語說的Hangat Hangat Tahi

Ayam五分鐘熱度，終究與主無緣。聖誕節面對的是永遠是一大堆醉酒鬧事頭破血流的年輕人、或者是來急診醒酒的醉貓、那些每逢佳節倍思親卻又無家可歸的遊民偶爾也會來宿一晚、哭哭啼啼鬧自殺的節日常客當然不會缺席、家有一老不能外揚的肯定送過來，以免客人留下不好的印象，有良心的說好幾點來接回，大多數乾脆直接辦住院；倒楣的同事還必須替那些超忙的父母為小孩把屎換尿布，口氣差一點肯定被投訴，還有什麼節日歡慶的氣氛呢？隨著年齡的增長，工作環境的變遷，加上幹的又是急診這一行，不僅忘了節日的日子，記起的節日肯定沒了往時的歡樂，一切都走樣變了調。至於月圓人團圓的中秋節，讓我在月圓之時再告訴你。

月圓之時

人在異鄉倍思親，尤其是中秋節月圓之時，感情豐富的人眼淚大都潰堤，加上一首〈月亮代表我的心〉的應景歌曲，更不知哭花了多少人的臉。這首歌的原唱者是陳芬蘭，之後被鄧麗君（小鄧）翻唱，小鄧的歌聲明亮輕盈兼且細膩動人，也是少數能站上國際舞臺的超級巨星。這首歌經過小鄧一唱，馬上紅透半邊天，歷久而不衰，聽了百遍也不厭倦。月圓之時，除了〈月亮代表我的心〉這首經典歌曲，當然少不了嫦娥奔月以及玉兔和吳剛伐木的傳說。據說四千多年前，有個生性暴戾的國王，搞得民不聊生，還想長生不老，於是從崑崙山找來長生之藥想吃，嫦娥得知後將藥吃下，突然就向月宮飛去進入廣寒宮，成了月神，免得國王吃了藥而真的長生不老繼續魚肉人民。當然，既然是傳說，一定有很多其他的版本，這不過是其中的一個。中國人也真是的，說來到去都是為了百姓的生活，就沒人說是嫦娥自私，為了長生不老而吞了那顆藥。老外就不一樣，他們也有一個淒美的傳說——狼人，談的都是個人內心的痛苦掙扎。

狼人在傳說中是個生物。據聞每逢月圓之夜，這種生物就會從人身變為狼身。轉變為狼身的狼人因為不能也無法控制自身的獸性，所以會四出襲擊周邊的家畜人類。更勁的是擁有不死之身，只能用賜福過的銀子彈才能殺死他。有關狼人的可能有許多的解釋，絕大多數的人都認為精神疾病的可能性最高，因為當時醫療用的藥膏和口服藥中的一些草藥和植物的成分具有迷幻藥的效果，會使人產生幻覺，以為自己真的變成了狼人。至於狼人是否存在，其實尚未有結論。月圓之時，雖然沒有正式的統計資料研究顯示暴力的病患特別多，但是求診的個案比同期的人數多卻是不爭的事實。難道月亮真會影響人的精神狀態？每逢月圓，你我潛在的獸性就會在不經意中意外顯現出來？無聊的英國警方曾經研究過某年的罪案數字，確實發現暴力事件確與月圓有關，結論卻是不了了之。一九九八年英國一項精神病學研究也發現，滿月前後幾天的暴力事件特別多，可見月亮不但對潮汐有巨大影響，它的磁力亦能影響人。

我在急診這麼多年，急診和門診不一樣且有趣的地方就是你永遠不知道下一刻出現在你面前的會是什麼樣的病患。但在八月十五月圓之夜，經驗老到的當班者都知道會有什麼樣的病患出現而採取不一樣平常的措施。第一，一大堆烤肉後上吐下瀉的急性腸胃炎病患；第二，喝的醉茫茫喊打喊殺，在酒吧和夜店鬧事之後頭破血流的病患；壓軸的往往是情緒崩潰鬧自殺的少男少女。這三類特定月圓之時的病患一定擠滿急診室，忙翻一堆連月餅也沒時間吃的急診人，還賞什麼月呢？至於狼人，倒是真的沒碰過，偶而會遇到被批著人皮的狼趁著月圓之時摧殘的少女掛診來驗傷告性侵，另一種就是ＰＳＹ（精神病）的病患，月圓之時妄想症狀發作，心理學家稱之為「變狼妄想症」，患者相信自己是狼，或是被什麼狼靈之類的神鬼所附身，謠言傳久了也會變成真的煞有其事，意念想多了就會以為自己真的變成一頭狼，當然就被家人五花大綁送到急診來處理，一時間哮聲處處，與其耗時間聽他「狼」扯，倒不如乾脆點送他一針鎮定劑，再關去精神病房。

還有更扯的事，一位老兄說真的看到狼人。那時我在荒郊野外的診所當差，以為真的有狼蹤出現，理應到抓野狗貓之類的單位報到，怎會跑到我這來？原來村裏真的有個毛孩，就是某些遺傳疾病引起的多毛症的病患，長期住在都會的老人家難得第一次到鄉下度假，預定第二天搭船到刁曼島玩，晚上睡不著到外頭逛逛，月黑風高，又是老花眼，被毛孩嚇到誤以為狼人，同行的友人擔心老人家心臟受不了，趕快找醫生看看壓壓驚，我說不如到附近的神廟拜拜捐一點香油錢做善事來的實際些，再吞一顆安眠藥睡到天亮，明天快樂出航去。至於那些發酒瘋狼叫的醉貓，通通免費送一針利尿劑醒酒，順帶拉一床尿屎。但是必須確定家屬朋友在場，否則清場的不是清潔阿姨，而是自作孽的我們這群急診人，最後是一堆看熱鬧的無聊人士，不知為何總是會問：

「醫生，你相信有狼人嗎？」

「當然。」

要不然碰到自認吸血鬼的PSY時，拿什麼來嚇唬他？就算不信邪，我也相信狼人真的是吸血鬼的剋星。

現在當然沒人相信有狼人，月圓之夜也沒狼人出現，但是大家都認為，如果是在新月夜出生或者在月圓時被狼人咬過的人，就一定會在月圓時變成狼人。可憐的狼人，不論在小說或是電影中都是悲劇人物，心理狀態反覆在變態與正常之間遊走，活著已非易事，死又死不了，更不必說去談戀愛，也沒有家庭生活可言，結局大多無可避免的被人殺死，要不就是自我了斷，有點良心的作者或許會讓他回到原始叢林，說到長生不死，可能也是一種精神及肉體的虐待。至於月圓之夜，如今已變成了許多人眼中的良辰，加上花好的美景，尤其是華人的農曆八月十五，那可真是賞月的好時刻，一家人趁機團聚，不是圍爐就是BBQ，烤肉、唱歌，喝酒，跳舞，好不快活。倒是身為急診人，你知道自己已經有多久沒跟家人度過月圓的夜呢？再忙，急診人，記得，一定抽空回家吃飯，在月圓之夜。

下雨天

喜歡散文的讀者大概都曾讀過琦君的散文，尤其是我們這一個年級的中年人。琦君的散文有許多篇幅是描述懷舊的童年往事，她的童年簡直是一座取之不盡的「童話寶庫」，裏頭的故事大半是以她的家鄉浙江溫州為背景，字裏行間勾勒出傳統中國農村社會的樸實風土人物生活，其中一篇〈下雨天，真好〉是我最喜歡的一篇散文，琦君藉著下雨天的描述，拉拉扯扯的寫她在老家童年生活的許多趣事，讀了幾遍也不會厭倦，彷彿也能從她活潑調皮的字句中回到自己的童年生活。

我的童年有大半的時間在膠林度過，那一小片園地是祖父從中國逃難南來幾十年後努力奮鬥的結果，也是家裏頭除了父親教書之外維持家計的微薄收入。當年是很少有保母的年代，年紀小時，母親就把我載到膠園裏頭照顧，順便幹活。割膠必須早起，天還濛濛亮就需起床準備，早餐往往是杯咖啡烏加白麵包，換上工作服後就坐上母親的腳踏車後頭上路，睡眼惺忪中還不小心從後座摔下來，頭上也不知腫了多少個包，如此數年過去，沒跌死摔殘也算是幸運。長大了就自個兒騎著腳踏車去膠園，一直到赴臺深造為止。我的假期，甚至平時唯一不用上課的禮拜天都是這樣度過。如果說不累，那是騙人的，尤其是高中三那年，由於身兼過多課外活動團體的要職，加上校方安排的統考補習加強班，經常是換下膠汁醋味滿溢的工作服，匆匆淋過幾瓢冷水醒醒腦子後就往學校跑，即使沒磕頭會周公，往往也是張目養神，因為實在太累想睡，當然也終於找到統考考不好的藉口，加上經常好夢正酣被叫醒以致荷爾蒙失調，也可能是我長不高的原因之一。因此，每個假日，我最期待的不是大晴天可以去踏青遊玩，而是下雨天，尤其天還濛濛亮，一陣寒氣襲來，接踵而至的可不能像是小姑娘似的綿綿細雨，一定必須是一場鋪天蓋地的大雨，雨點就像豆般大打在鋅板上啪啪作響。如果像是大小姐亂發一陣脾氣的驟雨也不行，因為母親會仔細的以她多年的經驗，空氣中的濕氣以及家裏頭蟲蟻的動靜來判斷是否上工，情況未明時還會親自到膠林跑一趟，臨走前還不忘交代腦袋瓜還未清醒的我：「如果一個小時後還未回來，你自己就騎著腳踏車跟來。」唉！老天，下場傾盆大雨吧！讓我可以睡到自然醒。即使如此，我那極度頑固的母親還是不會死心，她會這麼說：「這邊下，並不表示那邊的園地也下，還是先去看看吧！」如此堅持，恐怕也是為了生活，才能讓我們幾兄弟唸大學。大學畢業後投入職場，機緣巧合之下當上急診人，自己的工作竟然還是和下雨天有關。

就像氣象播報員一樣，晴時，大家放輕鬆，大概也不會有什麼事發生。多雲之時，開始警戒，可能要下雨了，還未來得及趕上門診時段的那些老病患早就已經守在診間等著拿藥，管你什麼檢傷分類，急不急症，畢竟年紀大了，待雨來了，該如何出門？醫生，你就行個方便吧！最後雨終於下了，偶陣雨最討厭，也是最可能湧入大量外傷病患的時刻；因為是小雨，大家都不會太在意，出事的機率就會相對提高。不管是走路不小心滑倒的老人家，或是汽機車、腳踏車及電動車碰撞後摔個四腳朝天的病患，再爛也不過是身體四肢頭部挫擦傷，基本上這些都是小傷，打個破傷風，敷藥及拿藥回家再回門診追蹤。傾盆大雨時，大家通常都會提高注意力，真正來到你面前的肯定是大問題了，尤其是半夜時刻，外傷的大都是多重創傷，不是骨折就是內臟破裂加上顱內出血；內科的也不例外，都是心肌梗塞，慢性肺阻塞併急性氣喘發作，或是腦中風的病患。那些傷風感冒的病患，如果不是小朋友高燒抽搐，拉肚子的沒拉到肛門破皮，通常是不會冒著大雨出門，並且還要花多幾百塊掛號費看急診。至於綿綿細雨，特別是惱人的五月梅雨季節，也是病毒蠢蠢欲動的時節，傷風感冒的病患一定暴增；而且濕答答的天氣也使人的情緒容易低落，君不見秋風秋雨愁煞人這首詞嗎？多愁善感之餘，急診室裏頭自然少不了鬧自殺的病患。到了颱風季節，那更是忙翻天。所以，當個第一線緊急醫護人員的急診人，除了醫療以外，也一定要像氣象預報員一樣關心起天氣的問題。

就如同那首打油詩〈下雨天〉：「下雨天留客天天留我不留」

一、下雨天，留客天？天留，我不留！（這是不留的意思）

二、下雨，天留客，天天留我？不留！

三、下雨天，留客天，天留我不？留！（這是留的意思）

四、下雨，天留客，天天留我不？留！

這首打油詩因為不同的標點符號介入而有不同的解讀。下雨天，看天吃飯的莊稼人愁眉苦臉，同樣看天找吃的計程車司機卻是笑哈哈。我這急診人待在這行這麼久，工作忙的早已沒有聽雨的閒情逸致，心境正如琦君所寫的那樣：「如果我一直不長大，就可以永遠沉浸在雨的歡樂中，然而，誰能不長大呢？」一場大雨，發愁的永遠是母親。

終點站

桑德絲（Dame Cicely Saunders）女士於一九一八年出生於英國，她是位護士、醫生，也是社工人員，這種多重角色的人生使得她的人生歷練顯得與眾不同。一九四七年她當護士時，恰巧照顧一位年輕的癌症病人，當時的醫療對於年輕人的病根本無能為力，桑德絲也只能無奈的看著他活活痛死。唉！人之將盡，為何還死得如此痛苦而無一點尊嚴？既然不能為癌症病人的疼痛做點什麼？那是否可以給他們其他更好的照顧呢？於是，桑德絲女士就有了創立安寧院的念頭，經過重重困難，她終於在一九六七年如願以償在倫敦郊區創辦了第一座安寧院St. Christopher's Hospice，Hospice，原意是接待收容旅人之處，後來引申為照顧癌症末期病人的地方。

我常把人生比喻成一趟火車之旅，不同的是，你無法選擇上車的站，也不知何時到站。即使有火車之旅經驗的人，坐太久看太多窗外的景肯定也會悶慌，旅途也可能是你無法想像的短，讓你連瞧一眼沿途花草樹木的時間都沒有就掛了。人的一生從精卵結合那一瞬間開始，本身可能就是一個意外的結果，之後就莫名其妙的來到這世界，最重要的任務就是如父母眼中預期的快高長大，接著才有未來可言，其它的一切都免談。你可能真的能夠預知自己不久將離開人世，尤其是罹患重病之時，醫生可以告訴你大概還可活多久，甚至你身邊的人都可以感受到你的即將離去而開始有了心理的準備，身後事也替你準備好了。最後你僥倖活了下來，我想也不是醫生的功勞，搞不好是你平日燒香拜佛的結果，或是一些我至今仍無法告訴你的事，比如奇蹟之類。更多的時候卻是身不由己，冥冥中似乎就有根線牽引著，最後當然都不可避免的必須留下一身臭皮囊說再見，所有的過程早已天註定，沒有例外。既然死是無可避免的事，何不讓生命有尊嚴且了無遺憾的離開呢？在告別的這一段時間是否又能為這些病患做些什麼呢？這就是桑德絲女士終身從事的志業，她所創辦的St. Christopher's

Hospice至今仍是世界最好的安寧院之一，自此之後，世界各地也陸陸續續開辦許多安寧醫院，秉持的就是桑德絲女士的信念。

過去醫學不發達的時代，生乃我幸，死也是命，天命難違，對命運即使無奈，卻也豁達，你我的老媽子不是常說我們這些猴囝仔都是天生天養的嗎？現代醫學進步神速，影像診斷學發達，儀器日趨進步，藥物的開發更是超出以往，相對的，對於失敗的容忍度也大大降低，甚至還有人說沒有病是不可以治療的。因此，對於垂死的病患一定要救到底，不管病患到底患的是什麼病，更不理睬他生前的意願到底如何？觀念上反而變得更看不開生死，對死亡的無法預知感到恐懼，都認為不可能是意外，一定是那根筋有問題，矯正過後就好了，有那麼困難嗎？否則，要你們這些當醫生的幹什麼？人雖非上帝，也許能夠有條件地控制生命。話雖如此，但是自然的過程是否能夠從一日千里的醫學發展中得到延展的好處呢？答案顯然還有爭議。

這或許和我年少時在墓園生長，長大後習醫有關。一縷臭死人的燒煙味，一場屍體焚燒的詭異場面加上一堂大體解剖的震撼教育，一路走來似乎也就是如此，塵歸塵，土歸土，還有什麼好計較呢？沒想到自己後來走上急重症醫學，每天做的卻是把那些生命終結的人從死亡邊緣拉回來，向死神借點時間完成病患？亦或是病患家屬的願望？撇開那些應該積極搶救的病患不說，大多的病患，尤其是癌末重症的病患，從我踏入行醫這一行開始，無時無刻都盡心盡力在搶救，ＣＰＲ、插管子、接上人工呼吸器、用強心劑救到最後一秒鐘，不管是否有意義。最後自己精疲力盡，留下傷痕累累的病患，一臉悲傷不知所措的家屬。日復一日，年復一年，始終如一。然而，隨著年紀愈長，急重症醫學的經歷愈深，心態上也逐漸改變。其實，有些病患真的沒必要再搞下去了，這樣的病患來到你面前大都沒有機會道告別，現在沒有，也沒以後。究竟要救到什麼時候，即使教科書上寫得一清二楚，一一九的弟兄還是會把腦漿溢出，頭身分離，半邊解體及胸部心臟肺部外露當場已掛掉的外傷病患送來急診，還要插管急救，通常都會說聲：「不好意思，應家屬要求。」就算是醫護人員，當角色互換之後也一樣。非外傷的則視個案而定，第一，尊重個體為生命且是唯一的最高原則，如果死亡是生命不得不終結的結果，那麼就不要再糟蹋蹂躪個體了；第二，必須配合當地的民情及法律的規範。這些種種急診人都知道，但是理論歸理論，在實務操作上，與其耗費唇舌，倒不如乖乖急救十分鐘至半小時而不會背上醫生見死不救這千古罪名來的實際，這是急診人的默契。

日本已故作家三島由紀夫有句名言：「生時麗似夏花，死時美如秋葉。」道盡了既然不能迴避死亡，倒不如活得精彩。當然，我不是叫你像他一樣搞個叛變，再轟轟烈烈的自我切腹了斷，而是告訴你，我的生活哲學——珍惜所有，把握現在，坦然面對未來。安寧病房的設立，給了無數即將告別人生的病患最後一站，讓病患能夠有所準備的邁向人生的終點，讓他們臨終前能夠由衷地說出人生中還未說的話，尤其最難同時說出的三句話「謝謝你」、「對不起」、「再見」，完成來不及做的事，看看想見的人等等，安寧照護並不等同什麼都不做而是有所為及有所不為，反而更積極地讓病患了無遺憾的離開。桑德絲女士的偉大也更突顯了我等知而不如行的懦弱與世故，搞的死去的靈魂也會掩面哭泣。其實盡心盡力也就不會有遺憾了，醫護人員如此，家屬亦然。大家都應該知道，急診人畢竟是人不是神，能夠做的真的很有限。

如何測量悲傷的程度

當一位臨床醫生，尤其是待在急重症這個專業的領域，不管你多麼的努力急救，「生」鐵定與你無關，那是病患的福氣，「死」卻是家常便飯，就像一碟菜炒來炒去，就算加幾樣配菜也一樣，吃久了也漸漸嚼不出味來。剛開始，急診的菜鳥總是不太敢，也或許是沒膽，最可能是不知道該如何向生的人描述死的狀況，比如沒有心跳、無呼吸、意識喪失、已經走了、掛掉，還是蒙主寵召、駕還瑤池等等都有，結果往往搞得生的人還抱著等待奇蹟的心態在死人面前禱告，唱佛號，甚至唸經，希望已死的人活過來。繞了幾圈，最後還是要回到問題的根本，倒不如直接告訴生的人，這個人已經死了，這樣直接了當雖然有些殘忍，卻是面對問題的根本方法，讓生的人了解，這個人即將被帶走，不管是火化、還是土葬，或是他生前選定的獨特處理方式，最後這個人都會變成有機物還給大地。大道同歸，你我也一樣，時候到了總是會碰頭走上同一條路。這種事看久了，也親身經歷過，人也變得麻木，不知為何，慢慢就和冷血無情劃上等號。事實也是如此，那麼多年，其實已經不曉得該用什麼樣的情緒及態度來表達及面對本來應該是解脫，後來卻變成是哀傷悲悽的場面。對許多人來說，人走了，故事並沒結束，尤其死的人是摯愛。很多時候，告別了，故事才真正的開始。

對於所愛的人突然過世，想哭就盡情的哭吧！這大概是所有人的自然反應。不要壓抑自己的悲傷，讓淚水沖淡過去的回憶，接著是必須堅強一些活下去，用積極的態度去面對未來等等一些安慰的話。拍拍未亡人的肩，瞻仰一下死者的遺容，然後離開，生活還是繼續下去，世界也不會因此有什麼樣的變化，地球更不會因此而停轉。如何測量悲傷的程度就成了我等這群在精神科實習菜鳥的的暑假作業，當時我還是醫學生，尚未進入急重症醫療領域。

如何測量悲傷的程度，就如同疼痛的量表一樣，能不能複製一種從零到十的量表分數，以不記名問卷的方式，一從主觀意識，二以客觀數據來量化悲傷的程度，最終繪成圖表讓人一目了然，原來悲傷是這個樣子，也有個參考的科學依據，方便讓後來者研究。說真的，我們還真佩服眼前這位鼻樑夾著副黑框眼鏡，度數近千，梳一頭油仔頭的精神科總醫師；不知是否接觸精神病患太多，自己的神經也變大條，還是人本來就怪怪的，竟會想出這個餿主意。大家都異口同聲說：「什麼爛作業！」兩個星期下來，我們就耗在這個無聊的作業上。實不相瞞，有些還是自己亂填亂寫的傑作。因為學生圈子小，又沒什麼資源，實在是找不出這麼多個案。況且人家正在傷心的時候，我們這麼做好像有點不是很恰當。果然，沒心情理睬我們的佔了大多數，其他大多數的答案是沒感覺、還好、一點點痛苦、很痛苦、不想活了。交叉分析的結果比對後認真的看，你可能會很意外的發覺，即使是哭得最淒厲的未亡人，幾乎也都很快的從悲哀中恢復過來，與我們原先想得不太一樣，總以為必定是段很長時間過度期。對那個死去的人來說也許有點難堪，原來自己的斤兩也不過如此而已。真正割腕、吞藥、跳樓、陪葬的沒有，沒意見的倒是一堆，可能是在我們面前不好意思說。至於死了的那幾個，到底是鬱在心裏的過度悲傷，或是舊病復發則無法推知，家人不願提起，我們也不好意思問，免得惹人厭。

「不錯！不錯！很好！很好！」那位總醫師還很識趣的猛讚報告做得超出預期的好，即使沒功勞也有苦勞吧！至於如何測量悲傷的程度，真的不過是作業而已。老實說，真的沒有人能夠真正的了解所愛的人逝去後的傷悲，即使自己也曾經失去所愛的人，也未必能夠感同身受。因此為什麼總是有人哭的呼天喚地，也有人瀟灑的只是揮揮衣袖說再見而已。當一位臨床醫生，對生死的感覺麻木是遲早但不一定必然的事，最後就變成一種例常的公式化作業，天天都一樣，最可怕的還是不能忘情的猶如帶著學生時期的情感一樣對著許多告別的故事投入太多的情感，那會是一場永遠都不會醒的噩夢，不久之後，你可能就會成為那位總醫師的病患，以及另一堆呆頭醫學生暑假作業的個案之一。身為急診人，見的生死更多，這讓你看起來有種酷酷的感覺，狀似無所謂，內心肯定也是有點傷悲的感覺。話說回來，這麼多年在急診服務，告別的場面多不盛舉，留在腦海的卻只有一幕：一位一言不語抱著突然離開人世的小孫子的老阿嬤，人說最沉重的悲傷就是沉默，哀痛大於心死莫過如此。即使是冷血的醫護人員，難免也有溫情的一面，眼眶也不禁微微濕了起來。身為醫師，當然也有不為人知感性的一面，畢竟是人。對於急診人而言感受更深，眼淚擦乾了，提起精神繼續為下一位病患的生死搏鬥努力吧。

白袍的承諾

對病人而言，白袍代表的是權威與信任。但對於尚在學習階段的哈佛醫學生來說，白袍的作用毋寧說是掩飾青澀、遮蔽生疏、罩住不安。他們時時期待自己能快點成長，好配得上那件白袍。

——艾倫・羅絲曼醫師，《白袍》

我中學的時候就立志身著白袍，左手拿著槌子，右手拎著聽診器，無分晝夜的替一票生病的鄉親父老排除疑難雜症；有錢的按理收費，經濟不佳的打折，甚至半買半送，也可以分期付款，或是抓一條魚、提一串蕉、煲一隻雞來當診療費都行；不論老幼，男女、種族、宗教、國籍的不同、社經地位的差異，他們的健康是我首要的考量，平日一律笑臉以對，必定盡心盡力；對於培育我的師長常懷感恩的心，病患的話是我永遠的秘密，並且不貶蔑同儕，由始至終，理當如此。除了陰陰竊笑的英文老師，全班同學也都笑翻天，日後常以doctor相稱，為了面子，搞到最後真的非唸醫不可，還好終於當上doctor，要不然，這張臉不知往哪擺。

醫師為什麼一定得身著白袍？這個問題直到現在還是困擾著我。艾倫・羅絲曼醫師是哈佛醫學院畢業的高材生，《白袍》這本書寫出他在這四年學習中，如何從開始具有那種以名校為榮的優越感、身為醫界新鮮人的興奮、到臨床實務操作上碰到困難的沮喪，最終畢業成為醫生時，才真正體會白袍加身意義的心路歷程。但是整本書對白袍所帶來的沉重責任感的珍惜及了解還是沒有解答我的困惑——醫師為什麼一定得身著白袍？

所有畢業後進入本行執業的醫學系學生都會舉起右手，收起平日的笑臉，鄭重莊嚴的宣誓進入醫界。握在手上的是醫師就業宣言，開宗明義就告訴大家准許我進入醫業時，我鄭重地保證我自己要奉獻一切為人類服務，我要給我的師長應有的崇敬及感戴，我將要憑我的良心和尊嚴從事醫業云云，接下來的內容就如同我上段所說的一樣。這篇醫師宣言叫《希波克拉底誓言》。希波克拉底（Hippocrates，450-370 B.C.）是希臘醫學家，被譽為西方醫學之父。就像許多偉人一樣，一生奉獻給醫界，當然得成就非凡，否則死了怎會被人擺在臺面上膜拜。所以他寫下的這篇誓詞，千年以後，還被寫成十字架的樣子，收藏於梵帝岡至今。只要是西醫體系出身，就像背了枷鎖一樣，這篇宣言一定是我等小輩奉為聖經的醫師職業行為標準。

誓言的時間最早可以追朔到西元前五世紀末。據說在愛琴海的克斯島上，至今仍挺立著一棵巨大的法國梧桐樹，就在這棵大樹底下，朝氣蓬勃的年輕人舉行了開始學習醫學入門的這個儀式，象徵希波克拉底領導的克斯學校精神永續傳承——醫學是以治療為中心的藝術，強調病程的觀察，主張以人道的方式對待病人。現代的醫療還是以治療疾病為主，病患與家屬的心裏都會如此認為，醫師囉哩囉嗦講了一堆，病患還是掛掉，那要醫師幹嘛？請個推銷員不是更好，講得肯定比你精彩。但是醫師不是神，再怎麼搞也會有病患治不好，隨著觀念的改變，家屬也漸漸明瞭這一點。於是醫療的過程不再以疾病為唯一最終的目標，而開始強調以病人為中心的醫療導向。除了法律的規定，只要醫師清楚明白的告知，病患有權決定是否繼續拚下去。同樣的標準放在急診人身上也一樣，以病人為中心的核心價值是當面對困難抉擇時的唯一考量，比如沒醫師願意收多重疾病的病患，轉院的考量，會診醫師的意見不一等等。無論如何都必須救救救早已不是唯一的選擇，病患的利益是最終，也是最高的考量。當你成為急診人時，永遠記得急診大老的教誨，搶救病患的生命之時，還必須維護病患的權益，治療不是一切，人道的方式對待才是真理。

就像婚姻一樣，儀式是莊嚴的，承諾永遠聖潔，公主和王子卻不一定白頭相偕到老。婚姻過程中間荒腔走板的一堆，還有喊打喊殺，真心碎成一地的滿是，最後終於到了攤牌的時候，大家簽一簽字離婚收場；從今往後，你走你的獨木橋，我過我的陽關道。對照現今的社會，醫師也真是如此。我曾經寫過一篇短文〈美麗的謊言〉，說明人非聖賢，誰能無過？醫師亦然，你我的過錯，醫師也一定會犯，問題是我們真的能用這個作為藉口嗎？醫療的不確定性特質，確實可以變成其他無限的可能，是否真是如此就有待商議。這些不是我小弟的高見，而是醫界大老們的感慨，年輕的醫師當不以為然，不信？你只要上醫生論壇就可看到許多不滿幹譙的心聲，代溝於焉產生，世代交替之後就可預期往後的光景。話雖如此，希波克拉底的誓言是我們穿上白袍後的至高象徵精神，自古以來還是不應該因時代或社會環境的變換而有所更動，就像堅定的上帝的信徒一樣，踏入這一行，就註定如此，還在醫學院受教育的醫學生更應該體認這一點。然而，我們看到的醫師真是如此嗎？即使你礙於情面不說，我也覺得汗顏，一日為醫，終身為醫的誓言早已成了一塊匾額掛在博物館裏供人欣賞。別的不講，就拿這個思路詭異的馬來國家來說，沒錢別踏進私立醫院已是公開的秘密，政府醫院就是等等等，病死了可能還會收到醫院寄給你趕快來手術的通知單；再者，醫療的水平還有很大改進的空間，好不容易輪到你了，還得忍受醫護人員的鳥氣，真所謂成大事者，能忍常人所不能忍，做常人所不能做的事，就是古早的帝王恐怕也受不了。開業醫師只能看傷風感冒，大病無能為力，也別強人所難。藥劑師開的是名車，住豪宅，也難怪藥價一直降不下來，身為市井小民，又剛好生病，你不生氣嗎？

唉！問題還是回到原點——醫師為什麼要穿白袍？白色是純潔的象徵，一大片的白確實讓人看了心曠神怡，有種溫馨溫暖的感覺。醫護人員的白，容易拉進病患的距離，降低病人對醫師的戒心，緩和病患的心情，彼此之間很快就有良好的互動。而美麗的護理人員更像是上天特地派來的使者來解救你我的病痛；既然是天使，當然是白色的裝扮。心理學家也認為白色有一種心理觀感的治療效用，無疑的，現代社會裏頭，心理的建設比任何的醫藥更能把所有的困難克服。對於病患，白色的意義代表希望，一定能夠戰勝病魔擊敗死神，相對於醫護人員，一點其他的顏色就能沾污了那一身的白，原本看起來最最舒服的顏色就變得礙眼了。因此，我們醫院的急診單位早就很有遠見的把護理人員的衣服改成大紅色，急診醫師通常也不會穿白袍，披上隔離衣就上場。

抬起你的頭兒來

你可能沒聽過王洛賓這個人，但是一定曾經聽過〈達阪城的姑娘〉、〈草原情歌〉、〈阿拉木罕〉或者是〈半個月亮爬上來〉等等浪漫唯美的情歌，這些歌曲的創作者就是王洛賓。王洛賓生於一九一三年十二月，成長在北京一個小職員的家庭，一生創作了許多耳熟能詳的歌曲，即使人生之路坎坷，他也總是「浪漫」以對，生活多姿多采，最終瀟灑走完八十幾年人生的路，真是無愧大師的風範。

我最喜歡王洛賓那首改編自中國新疆民謠的歌〈掀起你的蓋頭來〉：「掀起了你的蓋頭來，讓我來看看你的眉，你的眉毛細又長呀，好像那樹上的彎月亮……」每次無聊之時，我都會拿起吉他來自彈自唱這首歌。它的旋律優美，歌詞簡單，連我那不滿五歲的小兒單單也會跟著唱一兩句，大女兒雙雙甚至還會跟著跳起舞來，可見歌曲沒國界，只要是動聽悅耳的歌，不管你是什麼人，大人小孩都一樣，節拍響起就能引起共鳴。

蓋頭就是頭紗，一般是新娘戴來遮臉的。因為傳統中國有許多的禁忌，尤其是男女之間的事。極度保守的封建社會沒有自由戀愛的權利，許多人的婚姻都是媒妁之言，父母之命，男女之間根本沒見過面，就這樣被矇著送做堆。只有在新婚之夜，新郎才可掀起新娘的頭紗，真正看到新娘的臉，至於是否就是眼中的情人西施，完全天注定，就好像賭骰子一樣，揭紗的瞬間，有人歡喜，有人愁。人說一生的三大樂事，洞房花燭夜是其中之一，可是在這緊要關頭，因為頭紗底下的因素而突然發覺無法抬起自己胯下那根頭兒，那該是多麼掃興的一件事。

無法抬起你的頭兒來多半是陽痿。陽痿和早洩不一樣，早洩是提起了槍桿子還未殺敵就放炮，陽痿是連頭兒都抬不起來，根本無法衝鋒陷陣。以前的醫學知識較落後，認為百分之九十的陽痿都是心理因素所引起的，比如事業繁重、作息異常或是遭逢變故，身心俱疲之下搞的不僅勃起困難，連「性趣」也沒，這些心理素排除後，病患也多能不藥而癒。八〇年代後，隨著醫學的發展，這才發現至少一半以上的陽痿病患都可找到器官上的問題，像是陰莖本身的毛病，或是身體其他器官的問題，比如常見的高血壓、糖尿病、氣喘、心臟病、肝硬化、腎臟衰竭等等一些慢性病。

身為急診人，也有抬不起頭的時候。別誤會，我不是說胯下那頭兒，讓我慢慢告訴你。當你入行的時候，老鳥都會告訴你，身為急診人，你永遠都是病患病情好轉出院後被遺忘的醫師，往往是出了事情之後第一個被拿來開炮犧牲的馬前卒；鮮花、卡片、禮籃沒有你的份，黃單滿天飛是你選擇身為急診人的終身宿命，美其名為無名英雄。那些背後成長的辛酸，除了你自己，就只有我這同是天涯淪落人的急診人最了解。那種勞心勞力付出而被忽略的心理不平衡，我可以理解，也絕對能夠感同身受。

請看這封超嘔的感謝函。

謝謝貴院×××醫師，因為×醫師不因我不是這科的病患而不理我，反而積極把我轉到急診，因此幸運的撿回一條命。大恩大德感激不盡，如此良醫，還望貴院給予獎勵。

被點名的外科醫師還算有點道德良知，知道無功不受祿，也很心虛，根本搞不清楚狀況，更不曉得到底是哪位病患，只好拿著單子到急診來請教。

有些急診人最令人討厭的地方就是記憶特別好，只憑字跡就能告訴你一篇故事。那是一位主訴胸痛，卻不知為何誤入外科診間的病患，話都還未說完就被外科醫師轟出診間改掛急診，害我等急診人忙了一個多小時才把心肌梗塞的老煙槍搞定；護士還因為點滴不好打而被訓了一頓，直接就寫黃單丟在你身上。兵荒馬亂當中，又有誰會記得戴著口罩露出半邊臉的醫師，急診人的那股「狠」勁，肯定也讓病患「狠」不得趕快忘記這段不愉快的經歷。相對的，病患的臉卻是深深烙在急診人的腦海，急救的過程彷如昨日之事般仍舊歷歷在目，因為這樣的case，晨會一定要報，病例研討也十之八九會抽中。一直不斷的狂轟濫炸之下，誰會忘記呢？

諸如此類的感謝函多不盛舉，即使入行前已有心理輔導，菜鳥肯定還是無法釋懷，至於老鳥，早已被訓練到只要黃單沒有提到你就已經是阿彌陀佛了，那還敢奢望紅利。這是急診人成長必須度過的心理不平衡期，小小心靈的菜鳥承受不起，只好自我調侃沒什麼了不起，實則心裏難過之極。也因為長期被隱身躲在其他科的巨人背影之後，菜鳥的心理建設如果不夠，老鳥又教的不好，可憐的急診人往往自此自卑得抬不起頭來，只好得過且過混混日子，忘記了急診人一馬當先、當仁不讓、那種捨我其誰衝上前救人的天職。藉酒澆愁的人天天高唱倩女幽魂變調版：「病人不要來，請你不要，不要來……」最後再彈一曲空城計，堅持不下去的揮一揮衣袖，以一曲趙傳的歌〈我終於離開了你〉告別急診人的生涯，孰是可惜。

急診人抬不起頭的原因也和陽痿一樣，以前都認為是心理的因素，後來發覺沒有制度化的訓練也可能是原因之一。因為想要成為急診專科醫師，目前有三條路：第一，醫學系畢業後乖乖到急診醫學科專科醫師訓練醫院接受急診醫學科臨床訓練四年以上；第二，在其他各科專科醫師訓練醫院接受各該專科臨床訓練三年期滿後，轉急診醫學科訓練醫院接受急診醫學臨床訓練三年以上；第三，領有外國之急診醫學科專科醫師證書，經衛生署認可。以前那種具有其他科專科醫師資格，並在教學醫院急診部門專任急診醫師兩年以上者的所謂黃昏條款已被取消。專科醫師甄選的條件慢慢趨向一致而且更嚴已是共識，到後來大家的出發點都一樣，就有一種同仇敵愾的感覺，氣勢壯大後，抬起頭來是遲早的事。每個急診人養成的過程當中，這些因素可能單獨存在，也會同時出現，就好像糖尿病的病患有神經的病變，也會有血管的病變；器官性的陽萎可能因心理問題而起伏，心理性陽萎也可能有潛在的器官性病。因此陽萎的診斷雖然很容易，就是舉不起來了嘛！還需要問嗎？真的還要問，而且還要詳細的問，再做一些檢查才能了解造成陽萎的真正原因，才能藥到病除，重新抬起你的頭兒來。

唸醫的人總給人一種只會唸書，除了醫學，其他什麼都不懂的書呆子刻板印象。更令人難以忍受的是那一身濃烈的藥水味，以及滿嘴艱深的醫學術語，就算會舞文弄墨，也似乎少了點文學藝術氣息，反而擺出自以為高人一等的姿態。我可以告訴你，錯了，急診人就是不一樣。我也不是老黃賣瓜，你自己心裏有數，急診人絕對不會對病患大小聲請他「滾」出診間改掛其他科，也不會動不動就拿起電話劈頭就罵這種病有這麼急要立刻照會嗎？更不可能像某位搞不清楚狀況的醫界大老在報章上無亂開砲罵急診人。

身為急診人，謙虛是他的美德。明沈采《千金記》第二十三齣有句名言「飽暖思淫慾，饑寒起盜心」，意思就是吃飽了身體暖了，才可能有抬起頭兒的慾望。當身體罹患重大疾病時，當然是保命要緊，談什麼傳宗接代。所謂醉過方知酒醇，愛過才知情深。也因為急診人一定都曾經捱過抬不起頭來的日子，才知道謙虛這兩個字。回過頭來談談頭紗的事，人非動物，樣貌真的那麼重要嗎？還是大男人的自大狂在作祟，小女人難道就只有認命而無選擇的權利嗎？男人如果是因為蓋頭掀起瞬間的期望落差而抬不起頭兒，那不是女人的錯，是男人的悲哀。

遺忘

〈被遺忘的武士〉是我大學二年級時參加家鄉一項文學獎得獎的小說，算起來也差不多有二十年的時間，之後拿來作為我二〇〇五年出版第一本小說的書名。這篇文章，連同〈諒解〉以及〈朝山〉兩篇小說，與其說是我對馬來西亞這塊土生土長的家鄉在那段被日本佔領三年零八個月的時間發生的事，以小說的形式虛構一些可能完全被遺忘的小人物的書寫，倒不如說是我選擇在這片土地安身樂命的領悟。這樣的解讀或許有點玄，沒有與我有相似背景的你可能不懂，簡單的來說，就是適度的忘掉這個生活哲學的態度，正如法國作家安多列・莫絡雅說的：「不懂得遺忘，幸福不會到來。」然而，什麼樣的情況才叫做遺忘呢？

談遺忘之前，讓我們先說說記憶吧！

記憶一般上簡單的分為「短期記憶」與「長期記憶」。如果以記憶保留的時間來分類，學醫的我們還必須懂得什麼是「瞬間記憶」。不論如何，理論上來說，這些經由視覺、聽覺等感官送來的訊息一旦保存，經過反覆回想，建檔儲存而且加以「組織」、「理解」，經過一段時間都不會忘記而成為長期記憶裏頭的一點一滴，這樣一來，這些過去的記憶應該不會消逝，但這並不意味著我們能夠把所有保存於長期記憶的東西都翻箱倒櫃找出來，因為人非電腦，即使是機器也有當機的時候，有些東西雖然存在，一時卻無法搜尋找到，在這種情況下，回憶就會產生困難，連失焦的畫面都記不起來，這就是遺忘。一而再、再而三，久了就會被家人帶來看醫生，見面的第一句話就是：

「醫生，你看我這老伴是不是得了老年癡呆症？」

一個原本心理、智商以及才能正常的人，隨著時間的過去，除了青春不再，容貌及體力日漸衰老，也逐漸出現了記憶力減退、心智功能障礙的慢性變化，這樣的病患，確實有可能罹患老年癡呆症。在急診，通常不會見到這些失智的病患，被家人帶到你面前的多數是吃了鎮定安眠藥而引起精神恍惚、胡言亂語、日夜不分、六親難認，甚至大小便失禁的急性瞻妄症病患，尤其是吃了惡名昭彰的史×諾安眠藥。但是，只要你在這行待得夠久，你可能就會見到經常來急診報到看小病，並且與你談天說地的老病患，漸漸的忘了你是誰，或者是馮君當馬涼，經常把你叫成另一位醫師。賓果！還真的被你等到了，那種感覺卻是令人難以言喻的感慨。從此，彼得潘（本院的精神科醫師）門診多了位病患，自己卻少了位朋友，加上那些凋零謝掉的，幾年下來，可能連醫護人員都換了幾輪，別說醫師無情，尤其是面對病患來去匆匆的急診醫師，現實上他真的記不起來你是誰，也忘了你是誰，更不必說那些曾經共有的以往的生活片段。

你！真的忘了嗎？

有關遺忘的學說大致有幾個。第一個首推遺跡論，學者認為經過學習活動之後在腦部留下的記憶，若經過一段時間不再演練，那些原來留下的痕跡就會逐漸消失，最終就忘記。第二是壓抑論，通常是一段不愉快的經驗，之後往往都別再提起，心裏頭的刻意壓抑以致即使已藏在腦袋瓜裏的東西也會被忘記，最後是干擾論，老外有關這段解釋的原文艱深難懂，只好抄一段他人的翻譯，就是經驗相互干擾，尤其是兩種經驗的情境相似且時間相近，最終產生干擾而導致遺忘。「被遺忘的武士」，其中「被」隱含了刻意壓抑的過去一段不愉快的經驗，加上成長過程中不斷「被」灌輸理、化、英、數，經過一段時間的空白（高中三年的歷史課是選修的科目），久而久之，對於我們曾經經歷，或者透過影音文字、口述的事件而記憶過的東西就不能，也無法再認知起來，〈被遺忘的武士〉、〈諒解〉以及〈朝山〉這三篇小說都是我對那段過去的茫然及理解，即使是錯誤的再認知和回憶，這些都是遺忘。

我唸醫，終身所學都是科學化的東西，也從來不會忘記某個生理學家的格言：「人一旦記住的事情，要遺忘幾乎是不可能；看似遺忘的事情，其實只是被鎖在記憶的深處罷了！」失落於焉產生，焦慮接踵而來，這樣子生活當然是苦不堪言，如此苟活又有什麼意義呢？倒不如一刀了斷說再見。只是，如果遺忘就可以撫平傷痛，那麼掀起記憶的文學和藝術作品又有什麼存在的意義？南京一九三七、臺灣的二二八公園以及真相一直不明的我的馬來家鄉的「五一三」事件恐怕就是一堆數字的解讀吧！

還是放輕鬆吧！聽聽蔡琴〈被遺忘的時光〉這首經典歌曲，裏頭有一段歌詞寫得實在很好：「是誰在敲打我窗，是誰在撩動琴弦，那一段被遺忘的時光，漸漸地迴昇出我心坎。」

唉！回憶總是美好的，遺忘卻很痛苦。別傻了，痛苦的不是經常忘東忘西的你，而是必須照顧你的人，事實真的是如此赤裸裸的殘酷不堪。醫護人員都知道，別說你不懂，如果家人不幸罹患癡呆症，家庭中其他成員的愛心、耐心、支持與體諒肯定不見蹤影，其中也包括醫護人員和社工，絕大多數的病人都會被送入安養院「與世隔絕」的長期照顧，最後當然無可奈何的被遺忘，除了「無奈」，還是「無奈」，真的無奈。

等、等、等、等、等

〈等你等到我心痛〉這首歌由黎沸揮作詞作曲，中島健夫編曲，巫啟賢唱紅半邊天。嚴格說來，巫啟賢也是我的老鄉，家住馬來西亞霹靂州金寶市，小弟我則住在南馬，加上年紀比他輕，叫他老巫應不為過，也比較親切。老巫很早就展開他的歌唱事業，他的成名作〈邂逅〉是我第一首練習表演的傑作，有夠好聽，也實在難彈，卻也奠定了他在我心目中偶像創作歌手的地位。八〇年代，因為巫啟賢的關係，我們這群年輕人都想要唱自己的歌，同儕之中沒人不曉得「地下鐵合唱團」以及他所代表的新謠，就如臺灣的民歌一樣，我有一篇文章〈告別的年代〉，寫得就是那段我們想唱自己的歌的回憶。除了歌壇，巫啟賢也涉獵其他的娛樂界領域，還擔綱演出電影《慈雲山十三太保》男主角，出了幾十張歌唱專輯。這麼多首歌裏頭，〈等你等到我心痛〉這首歌無疑是這位被稱為「情歌天王」的代表作。

等。

等床，似乎是每個病患的經驗。

最近和一位同鄉友人聊天，除了談巫啟賢，也談到彼此的近況，聽到我服務的醫院有病患在等床的情形，電話裏頭雖然無法看到他的表情，但是，肯定是難以置信的一張嘴臉，難道苗栗沒有其他的醫院嗎？一時真讓我無言以對。的確，等床，似乎應該是醫學中心的事，沒聽過小醫院也會有等床的困擾，尤其是地區醫院，連門診量也逐漸萎縮，更不必說入院，等床？聽也沒聽說過。

「理論上，急診病人是不應該等床的。」這是曾任林口長庚醫院急診醫學部部長，加上臺灣急診醫學會理事長這些銜頭的某急診大老發表的意見，說得真是一針見血。急診病患經過診療後，掛掉的怎麼救也活不起來，需要住院的就該進入病房，病情穩定的當然回家，怎會有那麼多病人留在觀察室等床？既然是理論，實際的情況當然不是如此，尤其是寒流過境的旺季，急診室觸目望去盡是一臉無奈的家屬，一堆倦容滿佈的病患塞滿整個急診室，鬧哄哄的像菜市場一樣。

至於我服務的小醫院也會有等床的困擾，確實令人匪夷所思。因此，聽到等床，病患及家屬的第一個反應就是——麥擱來這套，立即搬出在大醫院的教戰守則，民代立委院長通通抬出來，有者還語帶威脅的說：「不要等到某大哥親自來到醫院看一看，到時大家都難看。」拜託，不要為難我們這些第一線的小人物，我等也是拿人薪水替人辦事，試問？哪個頭腦秀斗的急診人會吃飽了撐著沒事幹把病患留在急診累死自己，真的是沒床。每次聽巫啟賢這首〈等你等到我心痛〉，就會看到賭爛不爽的家屬，接著就會被人幹譙投訴的醫護人員，大家都是臭臉一張。真的是「等你等到我心痛，等你等到沒有夢，所有感覺已成空，就讓一切都隨風」。如此亂象，醫界難辭其咎，民眾也不能置身度外，長久以來一直也找不到解決的方法，久而久之，等床竟然成了一門醫病除醫療問題之外不得不懂的學問，可憐的還是病患，還是教你等床該注意的事比較實際些。

站在醫護的立場，照顧病患也不只是醫護的事，病患的家屬也一樣要參與，尤其是醫學中心的急診室，病患人數肯定超過最大負荷量；事先就已講明沒床，要來就來，坐輪椅，躺在地上，或站的都可以，反正醫院也不能拒絕，急診人更不能以此作為病患轉院的藉口，於是，與家屬分擔照護病患早已是個共識，雖不得已也只好無奈接受，要不然可能就會成了被遺忘的病人。但是，確實真有這樣的家屬，把病患抬來擺在醫院之後就溜的無影無蹤，尤其是老人家，連喝個水都要人幫忙，更不必說上洗手間，出了什麼事，吃虧倒楣的還是病患。你一定不爽，醫護人員難道沒有良心上的過意不去嗎？說實在的，我們根本不是萬能鐵金剛，身為急診人，即使無奈，還是盡責的守在第一線為病患服務。

身為病患，真的要自立自強，不要把自己寶貴的命完全交給醫護人員，因為醫護人員可能真的忙到連喝水的時間都沒，那還記得待在留觀室等床的你。其實，醫護人員也不會這麼呆，就像廣告說的一樣——再忙，也要回家吃晚飯。對於那些急重症病患，再忙，醫師也會隨時掌握情況；至於病情較穩定的一般等床病患，可能真的就是巡視一次，其他再視情況而定。所以，當發覺超過時間了醫師還沒來，病患身體不適，點滴瓶空了，管路好像有氣泡，醫療儀器發出嗶嗶嗶嗶的聲響，聰明的你就該趕快反應。另外，醫師及護士都會把醫囑，所有的處置及病患病程進展記錄在病歷及護理紀錄上，主要時讓下一位醫護人員進入狀況，要不然家屬問起病情，矇查查可不好溝通；你也可比照辦理，換班照顧時也一定要交班，免得另一位家屬也是矇查查的問東問西。這些都是在等的無奈當中，你可以做的事，不要傻傻的等等等等。如果你還是矇查查，就直接上網找「被遺忘的病人」，裏頭寫得比我還詳細，有些意見我還抄他的作參考。

我有位表妹，芳齡二十二時大學剛畢業，開出的擇偶條件是年輕、有偶像劇明星的臉、體格健壯、性格開朗、體貼、溫柔、大方，還必須有五個C（Cash現金、Car汽車、Condormedium公寓、Card信用卡、Care關心）以她的條件，確實可以這樣吊起來賣，三十歲時拜託我幫他介紹男友，隨便三個C就好，最近碰面已四十歲了，還是一樣的向我撒嬌：「表哥，像你這樣光頭的也無所謂。」等床也一樣，你開得條件愈多，限制就愈多（比如指定醫師、健保床或是單人套房），記得老媽子的名言「先友後婚」，先進病房再與護理站討論換床的可能大都能如願達成。不然可能就和我表妹一樣，如何能等到床呢？

一直以來，小廟只有和尚，沒有高僧，就算有也收不了妖，搞不好還是假的，連經也不會唸，這是一般人對小醫院的印象。因此，只要有病，而且必須入院，儘管衛生署大力宣傳大病往大醫院送，小病找小醫院即可；只是，沒人會認為自己的病是小病，攏嘛是大病，你敢保證在你這裏治療一定醫得好嗎？就算是神聖的婚姻也不一定有好下場，更何況是瞬息萬變的醫療專業，加上又不是江湖術士，誰會與你許諾跟你白頭到老呢？你看！不敢嘛？挑釁揶揄的背後是長久以來對醫療專業市場的不信任，加上自以為是的老大心態（只要我喜歡有什麼不可以），接著就是一窩蜂往大醫院擠，先到先贏，有辦法的，比如有內線或是認識什麼立法委員之流的跑得更快，搞不清楚狀況的肯定會被遺忘丟在一邊自生自滅。

神

我學的是急重症醫學，工作的地方又是教學醫院，且是此間有名的私立醫院，又是國道責任醫院。因此處理的病患有許多都是躺著進來，不一會就成了全身插滿管子、接上呼吸器、吊著強心劑，並且有一大堆生理監視儀器圍繞在病床邊嗶嗶亂叫的病患，加上一堆團團圍繞著我身邊心急如焚的家屬，即使救了老半天也可能徒勞無功，不救嘛！又說不過去，還是盡力而為吧！就算活不過來，辛苦勞累一陣子也算有個交代，雖然人累的像狗一樣，但是，身為急診人本來就不是應該這樣，並且引以為榮嗎？如此日夜顛倒的生活，承受壓力之大實非外人所知，一天十二小時下來，身體不癱也瘓，精神當然更差，幾年下來頭也禿了，人變得更老，不明就裏的人還以為我有自虐的傾向，非得搞的身殘體虛才甘願。唉！你看看其它的急診人也好不到哪裏去，攏嘛是尚款，龜笑鱉無尾而已。據無聊的老外統計，醫師的壽命平均比一般人短是不爭的事實，其中外科醫師的壽命又比內科短幾年，如果把急診醫師也算進去，恐怕大家的心情都不好受。

其實我的職業生涯當然不是這樣開始，我也有待在門診納涼的時候。那是剛從醫學院畢業後不久，完成實習醫師的訓練後，我有一年多的時間待在馬來家鄉豐盛港衛生局門診部。那兒來看病的人也很多，一天約兩三百人，真有大病的卻極少，大多是診斷明確的慢性病患，拿的是長期處方籤，不必傷腦筋去猜眼前這位歐吉桑到底是什麼病？開什麼藥？需不需要入院？要收給那位醫師等等這些經常令急診人傷透腦筋的事情。咳嗽、流鼻水、拉肚子順帶聊聊天的病患一大堆，還有些買完菜就把雞鴨魚肉擺在你的診療桌上打算跟你聊一整個上午的歐巴桑，真服了他們。原以為腰圍可以瘦個幾圈，沒想到更胖，印象中肥頭大耳的醜陋醫師形象逐漸出現。聊天聊久了，話題也就百無禁忌，其中幾位歐吉桑常客終於告訴我一個秘密。

「其實根本不需要這些東西（藥），找神就對了。」

神？

這還得從Nita公路通車後說起。以往從家鄉居鑾到豐盛港必須經過通往三板頭的路，那條九拐十八彎的路兩旁大都是原始森林，清晨時大霧瀰漫，夜晚開車伸手不見五指，轉來轉去不暈車也會一路吐到底，跟在載大樹桐的寒的露（大卡車）後面又怕樹桐掉下來，也怕莫名其妙撞到大象被林務局的人告，實在令人不敢領教。Nita公路乃政府為了墾殖區而開通的柏油路，通車後，我回老家就方便多了，直直開，轉個彎再直直走就到居鑾。從房東楊太的家出發，過了市區右轉就是Nita公路，路的兩旁還是茂密的原始樹叢，接近通往居鑾的分岔路口時，你就會看到幾縷白煙冒起，有數間茅草屋呈傘形散佈外頭，外頭不搭調的停著許多輛現代交通工具，包括頂級的寶馬、賓士、富豪。

「就是這裏。」

神的所在。

「聽說有一位腎臟壞掉的阿伯，被神拿出來洗洗就好了。」

「膽結石要開刀？」

「發燒不明原因。」

就如神話小說的情節一般，不管什麼病，只要神醫的一雙手，真的手到病除。口耳相傳之下，神醫之名於焉爆紅，歷數十年之久不衰。

原始社會裏頭知識匱乏，疾病造成的死亡陰影無處不在，當一個人眼睜睜的看著同伴接二連三的被無知的力量所擊倒而說不出個所以然時，他會逐漸相信，並且認為是形象崢嶸的惡魔在搞怪，比如憤怒的鬼魂，被獵殺的動物幽靈。同樣的，就一定有一位友善的神，戴上更為恐怖的面具，透過誇張戲劇性的表演，加上不知所言的咒語嚇跑那些惡魔，聽起來還有點道理，實際上也是如此。醫療的發展與宗教在心理上有著相同的目的，都是為了對抗及保護每個人與邪惡的力量拼博。早期的醫學也是在神廟，或者是所謂的聖地建立基礎，偉大的人物都叫作「神」。現在相信神的大有人在，結果想當然爾，延誤就醫不說，一命嗚呼也就罷了！最慘的是人財兩失，還賠上健康。至於你，還真的相信嗎？

「你相信嗎？」這幾乎是大部份病患的口頭禪，儘管他們都準時來門診報到拿藥，其實也不是什麼秘密，只是搞神秘，住在這的都知道那位神醫。說到神，恐怕我碰到的也不少。

諸「神」裏頭，我碰過最經典的還是在急診。一位歇斯底里發作的小姐莫名其妙的在急診室大喊大叫，四肢亂抓亂踢，搞得急診護理人員人仰馬翻，好不容易打上點滴，鎮定劑也準備好了，陪她一起來看診的老婦人卻莫名其妙的跟著發起瘋來口中念念有詞，什麼太上老君、急急如律令、欲把我兒帶走、先過老娘這一關，看招，不知從那抄來一把掃帚當劍，從我身後劈向病患。唉！把她綁起來送一支valium（鎮定劑）讓她睡覺吧！只見太上老君突然抓著我的手臂，嘴裏直嚷這個妖怪太強了，我的法力沒辦法鎮住它，快快找救兵，接著全身抽搐冒冷汗狀似休克，這時換成歇斯底里小姐嚇得不知所措，正巧趕到的大批家屬人馬跟著一位著長袍的長者趕緊拉起圍簾隔開醫護人員作起法來。幾分鐘過後，妖怪終於被降伏，歇斯底里小姐及太上老君老婦笑嘻嘻的好像沒發生什麼事一般走出門外，還不忘向我們說謝謝，著長袍的長者神秘兮兮的笑笑對著我說：「這些事，你是不會懂的。」拍拍衣袖揚長而去，留下一臉錯愕的我們及一堆看熱鬧的其它病患家屬。真的那麼「神」，就讓我許個願吧！

什麼?

學弟，看開點。入行時老鳥都會告誡我等菜鳥，如果四十五歲還不上道（不是見閻羅王啦！是指當官了，不必像小嘍囉一樣值夜班。）最好還是轉行開業去，這樣可能還可以多活幾年。我的願望看來也和其他的急診人差不多。看開點，不是真的，如果真的有「神」，幫幫病患吧！嘿！誰說急診人無情無義呢！我們無時無刻都在為病患著想。

歇斯底里

如果你在網絡上鍵入歇斯底里這個字搜尋，就會得到這樣的答案——歇斯底里（hysteria）一詞，從字源上來看，hyster這個字首，就是子宮的意思。根據古希臘醫療典籍的記載，當初的學者認為只有女性才會出現歇斯底里（包括轉化症與解離症）的症狀，那是因為子宮移開原本該有的位置而在體內亂跑所造成的關係，可見當時社會對於女性的誤解及歧視。現在當然沒人會相信這樣的說法，歇斯底里也不是女人的專利，男人的例子也不少，只要是重大情緒的刺激、心理衝突或壓力來的的時候都可能會誘發出來。

歇斯底里發作的病患永遠是第一線醫護急診人的挑戰。第一，對所有的醫師來說，所有的急診病患都是急病，就算是一般的傷風感冒，也可能併發嚴重的心肌炎、腦膜炎或是肺炎而來到你面前，急診人當然沒那麼厲害，一眼就能看出來。再者，病患的權益高漲，即使有檢傷分類，沒有人會認為他的病是必須讓給其他人優先治療的輕病，攏嘛是重病。最後，那麼一瞬間的短兵交接中，你根本不曉得眼前的病患是不是真的精神有問題，還是真的生理有毛病。當你恍然大悟時，可能已戰死沙場。急診人必須小心慎重，因為病人可能當時的確在壓力之下，將原有的真正疾病，以不恰當或過度的疾病行為表現出來；或是病人正罹患某種罕見疾病，一時不易檢查出來。通通都把他認為是精神病，等到真相大白時，急診人是真的死也不瞑目。

第二，一堆比病患還緊張的家屬、朋友團團繞著你，好像你就是神，能把所有的事情解決掉，病患送到你面前，不管如何，你就必須搞定；抱歉，醫師也是人，看不懂的病真的比你想像的來的多。殷殷期盼眼神之下的壓力往往只會增加醫師，甚至病患本身的壓力，結果把病弄得更複雜，臨床實務上常看到的就是被過度關心溺愛的換氣過度症候群女生處理之後笑嘻嘻的正待回家，也真佩服那些家人及朋友，噓寒問暖之下總是會把：「還是有一點不舒服。」這句話套出來，接下來又是急診人的工作了，講半天顯然還不如做個心電圖、照胸部X光、抽血、包括動脈血、心臟酵素、加上甲狀腺素、還有會診胸腔科、推入心臟科排個超音波檢查，必要時電腦斷層也要做，ENT（耳鼻喉科）的檢查別漏了，因為有些病患就是以眼盲耳聾來表現，這樣就確定沒問題了嗎？未必，我想還是到大醫院再檢查一下比較放心；其實，家屬真的在乎，「拜託！至少不要再來煩我。」卻是大多數急診人的心聲，恐怕也是某些人不敢說出口的真心話，尤其是自稱所謂病患的好友那一堆人，這是臨床上大多數急診人碰到的真實情況，不要怪他們，家屬是真的也夠累了，急診人的責任並不是替病患解除病痛而已，也要考慮家屬的心情，不要有偏見；可憐的病患當然不知道這一點，還以為大家真的關心他，說出來有點殘忍，卻是鐵一般的事實。

第三，歇斯底里病人本身所認為的或是所表現出來的不適或症狀，和醫療上身體或心理方面的各項客觀檢查或評估會出現不小的差異，尤其是以轉化症來表現的歇斯底里，病患無意識地以身體的症狀來避開巨大的內心衝突。例如在壓力衝突時，突然雙腳無力、一側偏癱、眼盲耳聾、局部皮膚麻木或失去感覺，甚至以痙攣或癲癇來表現，除了觀察、觀察，還是觀察。但是，一般人並不認為留觀也是治療的方式之一，什麼也沒做，光是教病患躺在床上一段不短的時間就夠耗時耗力了，你可能就因為如此而忽略了下一位病患，說實在的，我也不曉得你要花多少時間向病患及家屬解釋醫生的觀察與其他人的觀察有什麼不同。急診人的無奈、病患的不解、家屬的懷疑，一一都寫在說「什麼爛醫生！」這句話的人的臭臉上，這時你還必須沉住氣，千萬不可直說病人是在裝病，如此直接戳破他這無意識以身體症狀隔開內在焦慮的防衛機轉，換來的絕對是你無法想像且難以收拾的後果，到時你就只能準備valium（鎮定劑）一支，讓真的發狂的病患，或者也同樣抓狂的家屬好好睡一覺吧！

第四，精神科醫師總是認為這樣的病患一定有內科的問題，比如歇斯底里以意識障礙引起的解離反應。這些病患心裏逃避恐怖、恥辱、罪惡等不安的感覺症狀被轉換為感覺和運動器官所出現的身體症狀經常令急診人一個頭兩個大，即使是老鳥也一樣；並非疾病本身診斷的困難，而是次專科支援的問題，這是所有急診人心中永遠的痛。感覺器官所出現的症狀有皮膚感覺麻痺、過敏、異常感覺等等；運動器官所出現的症狀有四肢麻痺、無法站立行走等，這不是中風嗎？先照會神經內科醫師，看完電腦斷層片子後，神經內科的醫師通常會告訴你：「不一定是腦神經的問題，也可能是低血糖或是電解質不平衡的問題，不如請新陳代謝科評估看看。」換來的答案幾乎都是：「檢驗數據都在邊緣值，不能夠完全排除是這方面的問題，也可能是感染的問題，比如腦膜炎和腦炎才會引起意識混亂。當然，如果你硬要說是新陳代謝科的問題也可以，不過，我想還是照會感染科聽聽他們的意見吧！」我的天！難道真的每個歇斯底里都得做脊椎穿刺或是剖開頭取腦部切片生檢？饒了我吧！

按照弗洛伊德的精神分析理論，每個人均蘊藏著一些必須尋找出路的心理能量，它們遇到矛盾時就會導致病理的症候出來。這樣的行為可能是無意識的，而非故意和自己或和旁人過不去。那為什麼是女生呢？主要是傳統社會對女性的看法還是停留在受了委屈都是偏向隱忍壓抑，忍讓的成見，因此，內心衝突在無法承受及預期之下陡然浮現，加上旁人又無法以專業的方法處理下，病人極易崩潰及更加失控。雖然沒有正確的統計數字，但在急診這麼多年，看到的還是女生比男生多被送到急診來。每次看到歇斯底里發作的病患，心裏總有些不忍；接下來就是一大堆的檢查，費盡口舌的解釋病情。儘管如此，也叫不動那些從不認為自己會這麼倒楣真的碰上發狂歇斯底里的精神科醫師，尤其是那些還在冬天半夜好夢正酣時不識趣來就診的病患。收尾還是得靠自己，只好送病患一支valium睡覺，自己也得歇一會，其他的等早上再說吧！因為家屬也累死了，這時也說不清，也不必浪費時間。解鈴還須繫鈴人，不要以為醫師是萬能；對於這種病患，除了valium，就是燒香拜拜自己當班時「歇斯底里」不要踏進急診大門，唉！這真有點自欺欺人的味道。「放輕鬆，不要緊張。」急診人，當你告訴歇斯底里的病患時，記得也要提醒自己。拜託，急診人難道就只會看病救人嗎？如果生活上沒有一點阿Q的精神自娛娛人，待久了，難保下次歇斯底里發作的不是你自己。

上帝的代言人

身為醫師，一生中打交道最多的人還是有病的人——病患。然而，除非你選擇精神科，否則這輩子大概不可能接觸到那麼多的精神科病患。即使現在幹的是不分科的急診醫學科，理論上應該比其他科更易接觸到精神科的病患，只是漫漫醫學生涯的長路中，卻也只有在當醫學生的幾個星期精神科實習時才是我開始接觸，也是最後碰到如此多精神科病患的機會。當時年少無知，其實應該是無聊之際，恐怕也是為了考試而拚命唸了一堆精神科教科書，對於大部分精神疾病的診斷標準都能背的朗朗上口，最後卻是除了專有名詞外，什麼也搞不清弄不懂，這也是醫學生的通病，課本照單全收，實際情況根本搞不懂，通通還給老師也就算了，還有人把理想當飯吃，一生都認為自我就是一切，出了校園到社會還是如此，不一會就成了精神科同仁的病患。

當時港片看多了，以為精神科病患個個都是脫線的傻佬，動不動就砍人發狂，就算沒殺人，手裏沒握把刀，隨手拿個杯子仰天狂哮的場面還是有夠駭人，嚇都嚇死了，那敢say hello。所謂戰戰兢兢，不如說是硬著頭皮上場，怕被人看扁，然後封個膽小鬼的外號給你，一世人可就抬不起頭來了。其實，當你一腳踏進精神科大門時，總醫師就會這樣告訴你：「安啦！這樣的病人不會讓你們這些菜鳥碰啦！」真是的，怎不早說。怪也只能怪自己太看得起自己了，一張證照都還沒有，拜託，還真以為自己是哪根蔥。

傻佬確實是種病，只是現代醫學經過幾世紀的發展後，分科分類越來越細，精神科也不例外。透過醫學集體的運作，很多傻佬都不必被關起來，反而成為醫學影像、分子生物學、病理解剖及社會科學分析研究的對象。這些專家無時無刻都廣泛的應用儀器、藥物及談話把傻佬的「非理性」導回「理性」的正途。儘管如此，由於醫學本身的不確定性，尤其是精神疾病，有些連診斷症狀都是難以精確定義的事物，加上社會對於精神疾病的不了解及歧視。搞到最後，這些必須透過藥物及心理治療的所謂不正常的人還是得關起來。一生可能就這樣眼神呆滯，動作遲緩，反覆走來走去，被家人、被社會、被國家所遺棄而被關起來。

關人的其實不是精神科醫師，只不過因為是病患的主治醫師，難免會讓人以為他是主宰一切的上帝，合法把他人關起來。當年還是醫學生時，每每碰見那些精神科醫師，個個讓人看起來好像高深莫測，不必開口說話，一眼就好像能看穿你心事的感覺，從他們身邊溜過都會有種「小心，別被我逮著！」那種心裏有鬼的心虛感，別以為我很清高，幹的壞事比你想像得多。即使是聊天，這些滿嘴都是艱澀術語的總醫師和主治醫師也懶得向我們這些年輕的過客解釋精神科的純聊天與我們的聊天有什麼不一樣。同樣一句問候語：「你好嗎？」裏頭學問可大呢！「學弟，你還嫩呢！」神祕兮兮的往往讓人自以為是。可想而知，在精神科實習，泰半的時間都是放牛吃草，誰會真的認真的想要去唸弗什麼洛伊德的、楊什麼格的大塊文章，那一定是唸書唸到腦筋秀斗，省省吧！就像疲憊旅程的休息站一樣，喝杯咖啡、吃塊蛋糕聊聊天，連話題也是輕鬆有趣的八卦小道新聞，嘻嘻哈哈兩個小時的課很快就會過去。想溜課就跟警衛打個招呼，輕聲細語的說：「放我出去。」好像關在籠裏的鳥飛出去快活去也。可是，待了一陣子後，你會漸漸發覺如此簡單的「放我出去」一句話，如果換成是位精神病患，恐怕就是目露兇光的吆喝聲。當你回頭望去，鐵門「轟」的關起那一瞬間，這時你才驚覺彷彿有道隱形的牆，透過有形的桿狀的鐵條隔開兩個不同的世界。就如一位斷腿的老兵突地拿出條血跡猶未乾涸的一條胳臂向你嗆聲：「這才是戰爭！」那般震撼。現實就是如此，這些都是老師沒教你的事，就是經驗，又來一句：「學弟，你還嫩呢！」

在急診當班，被押來看診的病患大都精神狀態不穩定，家屬躲一邊，看熱鬧的人圍一圈，醫護人員除了一針鎮定劑，還要把病患五花大綁以免傷人傷己送去關起來。說實在也無法做什麼，家屬無奈，我也只能聳聳肩攤開雙手：「無法度。」交給精神科醫師吧！那是他們的專長。究其原因，這些人的內在妄念，透過恐懼以及無法理解以至於被歸為非理性的行為來表現，比如尖叫、亂抓、撞牆、自殘、甚至攻擊他人，除了遺傳、環境、壓力，甚至視為中邪的也有。不管如何，眼前如果是一幕幕血流成河的驚駭場面，永遠不明就裏的行為人就這樣殘酷的被強制介入禁梏起來，最後是否也會因為某種不是醫療的理由而繼續留在那？時間也彷彿凍結在那，一直到老到死。

究竟是誰賦予這些人（精神科醫師）把另一些人（精神科病患）以我們（其實是老外）自己制訂的標準，合法的隔離開外頭的世界？是英明的前輩嗎？疲憊的家屬？恐慌的社會大眾？病患本身？精神衛生法？還是都推給萬能的上帝？就好像劊子手一樣，上了臺就不得不行刑，精神科醫師也因而成了上帝的代言人？每次看電視廣告，尤其是瘦身系列，代言人的形樣往往與產品有很大的關係，胖妞變成竹竿妹的效果最好，小亮哥賣增高藥最有說服力，到底葫蘆裏賣的什麼藥？恐怕代言人也不懂，被查出原來是禁藥時，一概推說不知就好了，口袋依然麥克麥克，害我這矮子無辜買一堆增高的產品，肥了別人，瘦了自己的荷包，還是一樣矮。如此還好，更可怕的是當代言人自己也訂出了一套標準，同時把異於這套標準的人以多數決來執行動作時，我們的社會還容得下不同的聲音嗎？在我親愛的馬來國家，這樣的代言人比比皆是。還談什麼家國、種族、信仰、教條、主義、公平，不如乾脆把這些東西像食物一樣攪和起來吃，哽死也就算了，根本不必急救！第一，浪費醫療資源；第二，誰說救得起來？第三，此時不做更待何時？這下該換代言人了吧！

狂人

一九二一年十二月，魯迅發表了一篇中篇小說〈阿Q正傳〉，這也是我中學求學時唯一唸到的魯迅作品，其它的文章都是課外的收穫，看多了，大家都說我很阿Q，其實不是，我的忍受力只是比其它人高一些，為人比較樂觀罷了，真的逼到我狗急跳牆，那可是一件很可怕的事喔！對於大師的作品，我比較喜歡魯迅在一九一八年發表的短篇小說〈狂人日記〉，那是中國現代文學史上第一篇真正的現代白話小說。

「狂」這個字眼聽起來就好像很可怕，比如被狗咬的人一衝進急診室，不管是家狗或是野狗幹的好事，開口的第一句話必定是：「會不會得狂犬病？」當急診人詳加解釋臺灣不是疫區，不必擔心，但最好把那條狗抓起來關在籠裏和被咬的人一起觀察七到十天，看狗是否有渴水、流口水等等狂犬病的症狀，必要時，被咬的人就必須施打狂犬病的免疫球蛋白，這時被咬的人反倒同情起狗來了，「要關起來喔！」「好可憐的狗狗。」狗兒尚且如此，可見「狂」這個字如果套在人的身上那還得了，趕快關起來吧！還等什麼？說是偏見也好，無知也罷。早在十七世紀，老外是真的開始有把「狂」人關起來的做法，被稱為「狂」的人根本還來不及，也無法理解發生什麼事時就莫名奇妙的被關了起來。除了排斥，「狂」人的存在不僅僅是揶揄取樂的對象，某位大師還指出他們的存在非常重要，還是促進社會穩定的必要條件，怎麼說呢？當時對於「瘋狂」一詞，字面上當然有貶蔑之意，卻也有另一種解讀的看法。「狂」人在精神上及一些行為上確實跟別人不一樣，但當時的醫療水準低到還未把它看成是一種病，大多的都是中邪了，神鬼附身的解釋，於是「狂」人成了神魔鬼怪的代言人，甚至可以和常人無法接觸的另一個世界溝通，見人所不能見，而且言人所不能言，那些毫無章則語法的瘋言瘋語還會被視為是種充滿智慧的說話。然而，老外就是這樣，見不得人好，什麼都要拿來研究，「狂」人也不例外，死了就剖肚、開胸、切腦，活人就拿一堆死人的研究理論來解讀。「狂」人不僅生理與別人不一樣，心理也異常，沒有「理性」；因為「理性」是在「非理性」的襯托下才能成立，就如對與錯，既然自己是代表正義的好人，那你必定是邪惡的壞人了，套句港片《無間道》那位臥底梁朝偉的話：「想做好人，去跟法官說吧！」「狂」人的定義，就是在相對的比較下，由「理性」文明的一群人，透過理論的建構，加上社會一般大眾的默認，以及國家機器的運作，把另一群異於常人行為且會危害社會秩序的人視為一種病態，加上精神心智的失常，這不就變成「狂」人了嗎？因此必須被隔離，以免發起「狂」來危害一般老百姓的安危，破壞社會的安寧與平靜。

在民智尚未開啟的原始社會，對於一切無法理解的生理疾病，以及不明原因的心理恐懼等等這些可能會造成社會不安，民心浮動，進而危害當權者的利益時，最簡單的推卸責任的方法就是通通都賴到「狂」人身上。活該，他們生來就是必須受苦與犧牲來換取社會的安定與心靈的平安。起始大規模的倒楣鬼是全身長滿肉瘤，肢體殘缺，面目猙獰，不必開口說話，一眼看上去就異於常人的痲瘋病患，因此上帝才懲罰他們，讓這些危險和邪惡的人身體與生理飽受痛苦，並且關在荒無人煙的曠野自生自滅。就如同ＳＡＲＳ一樣，關起來就難以作怪，長期的隔離，也把痲瘋菌搞得無處容身。可是，那些「理性」好人們的身體依舊怪病糾纏，心理一樣飽受折磨，痲瘋病卻已漸漸的消聲暱跡，天下那唔這款代誌，一定還有其它的壞人，在理性的界定下，「狂」人就成了新的代罪羔羊，當然得通通關起來。

「狂」人從此被界定為「非理性者」。就一般人的理解，正常人大概都不會做出什麼驚天動地的事。當有大事發生時，尤其是小鎮，一般的傷人事件就是大事情，你的左鄰右舍馬上就會衝出來告訴你這應該是精神病發起肖的人幹的，接著一堆小道消息出籠，連專家也主動站出來告訴你，精神病就是暴力，暴力大概也和精神病有關。無可否認的，精神病當然有暴力的行為，這大都是未受到妥善的醫療照顧的關係；另一方面，酒精與藥物的影響才是主要的原因。醫護人員都知道，尤其是急診人，誰沒受過病患言語或是肢體的暴力，但是大多數都不是「狂」人，酒醉鬧事的最多。其實，「狂」人並不一定狂，有些還溫和的像小綿羊一樣，但是一旦被貼上「狂」人的標籤，日子恐怕就不好受，特別是在中國人的社會，「狂」幾乎就是「顛」，不然就是「傻」，即使不顛不傻，也應該是「瘋」的吧！家裏出了個怪胎，真是夭壽陰公，還敢帶出去見人嗎？一世人關在家裏似乎就是「狂」人天註定的命。

近代醫學的發展一日千里，「狂」人的日子卻沒變得更好。醫生透過越來越精密的現代儀器，影像的診斷技術，把「狂」人抓出來、擺在病床上抽血驗尿做腦波分析，甚至放在顯微鏡下看透透，最後加以診斷分類歸檔變成一本教科書來教導你我如何正確無誤的找出標準制式化的「狂」人。「狂」人成為以擁有知識加上權力的一群人為主體的客體，透過把「狂」人完全客體化，將他納入一套也是這群人所制定的規範中，把「狂」人抓起來，關起來就是理所當然的事，教化過後，經過評估，確認「狂」人不「狂」了才能放回社會裏頭去。醫學如此，政治不也如此嗎？〈狂人日記〉發表的那個時代，中國飽受帝國主義強權的侵略，民族主義日益高漲，社會秩序大亂，各種衝突矛盾愈加的複雜尖銳。這樣的苦難，到底是誰的錯？因此在一群理性的人詮釋下把「狂」人抬出來，沒辦法，每個時代都有代罪羔羊的空缺亟待填補。原本到日本學醫，後來轉行從文的魯迅以他敏銳的思想和犀利的筆調，對當時封建禮教的人吃人制度進行了徹底的反抗揭露和抨擊，把「狂」人的真義詮釋的淋漓盡致。

Neurosis

「這是什麼鬼醫院，什麼爛醫生，一點醫德也沒有，X#@$%*。」

對於急診人來說，這句話不知聽了多少遍。還有變態的同仁把這句話視為急診人獨當一面的必經之路，問問你的四周，誰沒被罵過？我是急診人，當然領教過，只是不知眼前這位女性，年輕、長髮披肩、眼窩凹陷、臉頰長滿雀斑、嘴角還有顆長毛的痣、塗上深紫色唇膏、一臉看來有幾分憂鬱，像是久病纏繞，其實也不是什麼大病的病患罵的是我？還是以前被他煩的受不了，真的忍無可忍之下，最後不小心脫口而出這句真心話的醫師：「你的病是精神病，應該去看精神科醫師。」所謂良藥苦口，莫過如此。真的沒多少人能夠接受這樣的事實——我是神經病。Oh my god，這還得了，尤其是中國人，一旦被貼上這個標籤，就好像永世不能翻生一樣。

醫學生時期，我們就一直被老師告誡不要在病患面前說Neurosis這個字眼，這可是比在男人面前說他不行還嚴重的話。第一，不要以為病患不懂英文，她們不僅聽得懂，並且知道其中的涵義，因為不知有多少醫師說他得了這個病，醫學詞典早被她翻到爛，這也是她的病症之一——窮追猛打，否則就不叫Neurosis；第二，精神病的病患一般沒有病識感，最怕別人說他有精神病，當她說你有種再說一遍時，身為急診人，你必須拿出忍功閉嘴當孬種，否則Neurosis發起瘋來誰都管不了，你何苦找碴呢？第三，準備被投訴吧！什麼爛醫生，許多你不曾想過的難堪字眼接著通通出籠令你應接不暇，甚至還有黑道背景的叫你走著瞧，眼睛放亮點別踩到狗屎。我說急診人，你這是何苦呢？第四，就算是真的Neurosis，理性的她會拿出預先準備好的那些在江湖上大賣的醫學書刊、網路影印下來的資料、甚至她個人密密麻麻的筆記本，然後翹起二郎腿引經據典與你討論診斷的依據、排除的可能、其他的鑑別診斷等等，待在白色巨塔七年的你未必說得過她，說了也沒用，還不如送她一粒鎮靜安眠藥，睡飽了吃撐了，心情超high，搞不好還會跟你說thank you，我的同仁還因此收了張急診人夢寐以求的表揚黃單，飄飄然之餘還說了句讓我等此類如此對待Neurosis的急診人深感汗顏的話——將心比心。

Neurosis就是神經質，這種性格的人，當心理面臨困難時，精神上就會表現出強烈的毛躁不安焦慮，身體上就會出現盜汗、心悸、手腳發抖等等現象，比如看到一位漂亮的女生或是迷人的大帥哥，誰沒有眼紅心跳的經驗呢？這種在健康人身上都會看到及表現的不安和不適感等等心身生理的變化，卻因Neurosis的錯誤認知而以為是種病態或異常，並且想盡辦法排除。Neurosis的特點就是越注意它，越努力想直接排除它，慾望越強，症狀反而會表現得更嚴重，結果變成了注意與病覺感的惡性循環，就好像心律不整的迴路一樣，最後搞到必須由醫師出面才能解決。對付Neurosis，「煩」大概是所有急症醫護人員的共同心聲，尤其是同時來了一堆必須立刻處理的重症病患，於是，表揚黃單的同仁可以和Neurosis耗，我等卻必須花幾小時處理其他的case。

Neurosis，不管是病患本身，或是搞不清楚狀況而過度關心的家屬親朋好友，就像噬血的蒼蠅一樣在耳邊飛來繞去，最後你終於脫口而出這句真心話：「你的病是精神病。」賓果！就這樣掉入了Neurosis這個惡魔精心設計的陷阱：「你的病是精神病，應該去看精神科醫師。」可能是一位菜鳥，也或許是ＣＰＲ後累的頭昏腦脹的老鳥，尤其是在只有一位醫師坐鎮的小醫院急診室，回應的通常就是什麼爛醫生，醫病的信賴蕩然無存，大家互撂狠話走著瞧。

這樣的病患，常常就像逛百貨公司一樣這邊看那邊看，做了一大堆的檢查，包括高檔的電腦斷層、核子共振、質子掃描等等，也不知是什麼病。俗話說，有因必有果，事出必有因，這種在某種特定條件下，任何人都可能發生的神經質症狀必定是建立在神經質性格的先天基礎上。因此，你會看到一堆陪著病患來看病的Neurosis成員，都是Neurosis的家庭，一票的Neurosis朋友。症狀輕微的就是一般人所稱的「神經衰弱」，我那表弟中醫說是「心氣症」，都是過度擔心自己的健康狀況而引起頭痛、噁心感、嘔吐、失眠等主觀上及心理上的症狀，動動嘴哄哄她大都可以過關。另一種是我們俗稱super Neurosis的「焦慮神經症」，恐懼、焦慮的情緒表現所導致身體神經系統之失調狀態，頭痛、胸悶、手腳發抖、臉部潮紅、呼吸困難、心悸、四肢如雞爪僵硬等等以換氣過度症候群來表現，尤其是第一次發作，經常嚇的師長手足無措，家人驚慌失措，友人失聲痛哭，以為快掛了，趕緊叫救護車依嗚依嗚依嗚依嗚送到醫院急診來。

可憐的Neurosis，病人無時無刻都在陷入這種症狀的苦戰與精神衝突的狀態中，沒人能真正的了解Neurosis發作的痛苦，即使是醫護人員，包括身經百戰的急診人也一樣。好話一句——將心比心，當醫師的，尤其是急診人一定要知道，Neurosis其實是一直沒有機會找到發洩他體內潛藏蠢蠢欲動的不安，不要拒絕他們，因為他們可能會跑去或是被帶去尋求另一類療法而被騙財失色，搞不好連性命也丟了。此時此刻，當Neurosis發作，除了急診人，真的是再也沒人能夠幫助Neurosis。但是，慘遭Neurosis折磨的急診人都知道，所謂五顆心——同理心、同情心、愛心、耐心和醫者父母心顯然都不足以應付，除了一針鎮靜安眠藥，合法更合理，說實在的，還真不知道能夠做什麼，如此才能幫助Neurosis度過他人生最難過的時刻。Neurosis的終極發作處理永遠是第一線急診人邁向成熟獨當一面的大考驗，絕對不是口頭講講門診追蹤，拍拍屁股倒在床上呼呼大睡那些精神科醫師所想像得那樣輕鬆寫意。

放羊的孩子

〈狼來了〉是《伊索寓言》中的一則寓言，也叫作〈放羊的孩子〉。故事是說一名在村莊附近看守羊群的牧童平日閒著無聊，於是想到一個消遣的餿主意，就是向村莊大嚷：「狼來了！」村裏的人聽到羊群被狼襲擊的消息，全都趕快武裝上山拯救牧童，結果發覺被騙，心情之賭爛可想而知。牧童見到村民上當的樣子覺得很有趣又好玩，又連續數次以同樣的方式欺騙村民。後來真的狼來了，牧童再次大嚷：「狼來了」但是卻沒有村民再相信他的話，牧童只好眼睜睜的看著狼吃光他的羊。這個故事教導我們不應該說謊，同一個謊話更不應該說兩次，如果說了三次的謊，即使他說了老實話，也沒有人相信他的話是實話。最有名的例子就是周幽王為了搏美人褒姒一笑而任意舉烽火狼煙將諸侯軍隊引來，最後沒人相信犬戎兵真的打到鎬京殺了周幽王，這就是一笑傾城、再笑傾國、三笑亡國的故事。「狼來了」故事的道理淺顯易懂，實行起來卻是難如登天。

對於急診人來說，「狼來了！」是個考驗，但是「狼來了！」不像333（毒化災）、999（急救）或是222（氧氣沒了）等等代碼可以清楚告訴你發生了什麼事，這些緊急狀況老早就有人定下標準的作業程序，只要照表演練處理即可。那到底誰是牧童？狼是不是真的來了？會不會把你的羊吃掉？不管你是菜鳥還是資深的急診人大概都會碰到幾種「狼來了」的情況。

第一，根本沒狼，這種情形最簡單，大部分都是Neurosis，胸痛、肚子痛、全身倦怠無力、關節痠痛、手腳發麻、頭皮發癢等等，尤其是那些嘴角下垂類似中風，眉頭卻是緊鎖（表示顏面神經正常，不像中風）一手按腹部，另一手猛捶前胸，兩腳不聽使喚必須由家人攙扶進急診的病患。不管做了多少遍的檢查都沒狼的影子。但是有一天她又氣喘加胸悶跑來急診被你診斷為換氣過度症候群，因為症狀沒改善而跑去大醫院檢查說是無菌性腦膜炎時，你只能怪自己運氣不好？碰見以稀有症狀表現的罕見病，還是怪牧童整天在撒謊？身為急診人，你沒有責怪病患的權利，只有搶救病患的義務。

第二，有狼，但是不知道在哪裏？抱怨肚子痛或是頭暈的病患，原以為腦血液循環不好或是胃潰瘍膽結石之類的東西在搞怪，最後檢查原來是心肌梗塞，這是最典型的例子。因此沒看到狼並不表示沒狼，也不表示牧童說謊，比如正常的電腦斷層或無異常的腹部超音波檢查。

第三，狼真的來了，而你是牧童喊了N次「狼來了！」仍然相信，並且真的逮到狼的村民，恭喜你成了英雄，雖然打死狼的可能不是你，但是你避免了那隻狼把羊吃掉也是功德一件。

我服務的醫院外頭是全苗栗地區的地王——三角公園，名為休閒的地方，實則為遊民暫寄之處。其中的四大天王——天龍、地虎、母夜叉、笑面虎幾乎無人不知，每個人的背後都有一段辛酸且令人警惕的故事，就如連續劇搬演的劇情一樣，因為酒、色、賭、毒而散盡家產，搞的妻離子散家庭破裂、父母斷絕關係、兄弟棄之而不顧，最終流落街頭。天王們的三餐除了酒還是酒，不是胃潰瘍也會肝硬化，因此三天兩頭就往醫院跑，都是肚子痛，做了一堆檢查打針吃藥回公園，後來變成必須倒頭睡一整晚病情才會改善，尤其是寒冷的冬夜，漸漸的就沒人再相信天王真的是肚子痛，即使他的樣子看來很痛苦，大家都當他來這溫被暖床。最後狼真的來了，兩個胃穿孔，天龍乖乖開刀，母夜叉聽到要手術嚇壞了，打了嗎啡止痛劑後落跑不知所蹤，還被自稱她乾爹的某男子臭罵：「什麼爛醫生！」沒替病患解決問題，不知何時開始戒酒的笑面虎每次來都說頭痛，最後真的是腦出血，至於本來比較正常的地虎遭逢家變後，倒是令人意外的竟然變成精神病，還是人本來就如此？每次我到金石堂書局買書都會經過三角公園，其時已無天王把酒談笑的喧鬧聲，落寞之餘，也不竟感嘆造化弄人。

第四，那是真的「狼來了」的故事，牧童不只一人而是全家人。真有這麼倒楣的人天天都出意外？不是摔機車，就是美勞時被刀片割傷，或者工作意外砸傷，連走路時也會被腳踏車撞倒等等。不說你也知，為的就是保險金的賠償。後來發覺那些小傷顯然不構成入院的條件，於是自己加工拿扁鑽挖傷口至發炎流膿，手腳的外傷還必須插上刀劍鐵條以明其志，最後來找你時說被蛇咬，兩個小小的傷口看起來：「恐怕是針刺的吧！」早知你有這招，「牧童」隨手一晃，兩個小孩立時抬來麻布袋放出捲成一團黑色蠕動的？——一條昂首吐信的飯匙倩（俗稱眼鏡蛇）。

「我是真的被蛇咬啦！」

這樣不好，那也不行，到底該怎麼辦？吃過虧的急診人就算不知狼在哪裏，也不管是不是有狼，所有有關的相關檢查都做，有些還必須重覆做兩次，比如懷疑心絞痛的病患，心電圖及心臟酵素間隔幾小時再做一次，沒問題再放病患回去，高風險的病患還要求留院觀察，當然也有倒楣真的心肌梗塞再回來找你，你也盡力了，只是當時真的沒看到狼，也不可能每個胸痛的病患都抓去做心導管，那可是翻遍整座森林可能也找不到一隻狼的事，選擇性的搜尋當然會漏掉狼蹤，這是現代醫學的死角，還有進步的空間。最極端的是即使沒狼也要生出隻狼來打，如此徹底執行防禦性醫療也未必是病患之福。「狼來了」不管是對病患或是急診人都是噩夢。相信牧童的村民被搞得筋疲力盡，撒謊牧童的羊被狼吃光，不論結局如何，村民和牧童都是雙輸的局面。但是急診人更慘，狼真的來的時候，急診人一不心就會背上見死不救的千古罪名，跳進黃河也洗不清，名譽掃地還不打緊，身上少塊肉也算了，一直帶著良心的不安過日子才痛苦，那是一場永遠都不會醒的噩夢，急診人不可不慎，如何達到雙贏才是急診人努力的目標。

啊！夢遺了

〈啊！夢遺了〉是我的第一篇散文，屈指數來也已經是十九年前的事了。這篇文章的主角是我最喜歡的K，當時寫的散文都被某老師善意的評為有故意模糊文類的企圖，其實當然不是如此，而是我根本搞不清楚小說和散文的分別。〈啊！夢遺了〉是描述K進入青春期後的一些成長的故事，讀起來像是篇短篇小說，最後被我亂搞一通而以主角夢遺了結尾。那時自己也正青春，每晚睡得正酣，胯下突然就有一陣暖流經過，隨手一摸，竟是黏膩濕答答一片，還有點腥羶的味道，嚐起來沒什麼感覺。驚醒之餘還以為見鬼了，冷靜之後想一想，會不會是剛才那場刺激的夢？不可能，那是不是水喝多了漲滿膀胱？還是便秘？睡衣太緊？或是睡被蓋得太暖了？這些課本裏頭沒有教過的事，我是真的搞不懂，又不敢問師長，就這樣過了不知多少個半夜偷偷起來洗內褲的日子。隨著年紀的增長，書唸多了才知道發生了什麼事，這些老師沒教過你的事，應該都是許多和我一樣青春的男孩的共同經驗。

那到底有多少青春少男會因為半夜胯下的一攤白，以為自己得了什麼大病而掛急診？個人的經驗沒有，其他急診人應該也是掛零。第一，時間不對，夢遺絕大多數都在半夜，除了自理，誰人理你？第二，青春少男或許不懂，你父母應該有經驗，半夜把他們叫起來也不會帶你去看醫生；第三，那種事通常會讓你感覺不安，以為得了什麼怪病，就像我一樣，怎麼好意思說出口；第四，現在的青春少男比我們這些ＬＫＫ懂事多了，老早就有性經驗，胯下一攤白算什麼？他們可能會教導你，夢遺是一種正常的現象，是自然的性宣洩途徑，代表你正常健康的成長。因為男性生殖器官發育成熟後，精液中的精子製造達到飽和，就好像水庫滿溢一樣，又因睡夢中陰莖的磨擦或有綺麗的夢境出現，就會造成不由自主的射精狀況，少年Ａ，不對，是ＬＫＫ，安啦！

同樣的青少年問題，女孩反而會因為陰道突然出血而找醫生，而且是掛急診。通常是幾位看起來傻瓜呆樣的伴著位臉部漲紅的少女來到你面前怯生生的說：「醫生，我那裏出血。」那還得了，把護士小姐臭罵一頓，這是一級檢傷分類的病患，怎能讓他坐在那等十五分鐘。小女生在我嚴刑拷問之下還是不承認有那回事，也對，性侵這種事還是交由社工、婦產科醫師，甚至警察處理比較好，半小時後就會接到婦產科醫師親自打來的電話：「這是月經啦！」並且順便上一堂課。女孩子的卵子自卵巢排出後如果沒遇著精子，大約一天就會失去受精的作用，兩週後子宮內膜剝落，形成出血現象，排出體外就是月經。女孩子第一次月經叫做「初經」。是、是、是，這是月經，我懂了，還有，通常是排卵後的第十四天，一般的週期大約是二十八至三十一天。夠了，自以為是的菜鳥急診人，這下可出糗了吧！就如老鳥教你的秘笈，所有腹痛的可能懷孕的女生都必須驗孕，你都做了，卻偏偏漏了後頭的那句「突然變胖的也要注意一下。」真不巧，那位看來應該是乖乖女的胖妞送到婦產科那裏沒幾分鐘就生了個胖娃娃，你就是不聽，之後就成了婦產科醫師之間閒聊的笑話。

行醫多年，實在搞不清楚現在的青少年腦袋瓜想什麼，這也是N年前老媽子教訓我的話，更別說他們的青春事，以往抱怨說尿尿會痛，還有綠綠的東西流出來而掛急診的病患大都是看起來就像混過江湖的男女，不管是梅毒、HPV、單純皰疹、披衣球菌性病和淋病，通通自費用抗生素搞定。現代醫療發達，分科愈細，那些豪情青少男女的性問題都跑去看青少年科，不過有些性事還是一定會找到你，令人啼笑皆非之餘，也才驚覺自己學生時代的浪女十八招早就落伍了。

話說那夜，我像往常一樣輪值急診，一位少男拉著一位少女，兩人臉色羞紅，扭扭捏捏來到我面前，護士小姐沒好氣的問：「是女的還是男的要看病？」

「是我。」少女應道。

少男悄悄把我拉到一邊低頭細語：「底下有東西。」

這麼深的夜，一男一女，能夠幹嘛！用腳趾頭想也猜到發生什麼事。

「小姐，請躺上床去，護士，把鴨嘴拿來。」撐開一看，哇！真有一乳黃色異物塞在陰道裏頭。

「什麼東西？」

「猜猜看！」這節骨眼，還真讓我來猜，香蕉？熱狗？鉛筆，別鬧了。直接把夾子拿來。

「醫師，你要幹嘛？」少女嚇的尖聲叫道。

「夾出來。」

「那你要小心喔？會破的。」

「到底什麼東西？——蛋！是雞蛋還是鴨蛋？我用鴨嘴撐著，你用力解解看。」

身為急診人，大概都無可避免的做過拿蛋的事，也沒人無聊的去統計拿的東西有多少？排行榜的冠軍是什麼？個人經驗以按摩棒最多，番茄也有，還是位七十幾歲的阿嬤，可見老年人也有性方面的問題困擾，連鐵絲也塞進尿道裡頭；黃瓜拿過數條，大小都有，肛門塞了個有顆粒的電動情趣棒是位中年男子，以半身麻醉的方法取出；塞乾電池那位比較不幸，除了開刀，沒其他法子；還有位最扯，事隔兩星期後才來急診，挖出糊成一片不知是什麼的東西，最後還得靠有經驗的一位辣媽護士看出來——杜××牌水果味道的保險套；至於動作過於激烈，男的包皮裂傷、龜頭紅腫那些小事多的族繁不及備載，女的卵巢破裂內出血也不少；還轉了位那根斷掉的到醫學中心；插入後兩不分離的是一對身材可媲美模特兒的俊男美女，還是黑白配。那時我在吉隆坡中央醫院急診，完全是什麼都不懂的菜鳥，看熱鬧之餘還得和另一位菜鳥一前一後用棉被把那對男女包裹起來送到手術室，感覺自己也好像有點反應時，好戲也結束，搞了一夜已是凌晨五時，拖著疲累的身軀正準備倒頭小睡，貼心的護士已準備好早餐伺候，飢餓如狼的我毫不猶疑的一口咬下，原來是我最喜歡的烤麵包夾蛋。現在想起那顆錯置的蛋，蛋！我的天啊！正當一陣陣陰險的笑聲傳遍整個急診室時，我已倒地不起，太累了。

我的老大病患

幾乎所有的醫院都有幫派的背景，我這麼說之後，可能沒有一間醫院會聘我當員工，或者乾脆下道絕命追殺令，玩完是遲早的事。因此，我必須解釋一下，因為大千世界一如蟻窩的縮寫，內部重重分工各有所職，就像機器一樣，少了根螺絲就不能運轉。這種類似幫派的組織，小至家庭，大如國家都一樣。所以院長是老大，我等都是小嘍囉，醫院如幫派只是自我調侃而已，別太在意。當然，要見老大並不容易，小角色也沒人愛理，醫院如此，幫派也一樣，要說跟醫院之外的老大交手的話，急診人說第一，恐怕沒有其他科的醫師會有意見，這種事還是由急診人去幹吧！誰想跟你搶。

我有位同鄉，也是急診人，服務的醫院是間有名的教學醫院。因為地主特多，田僑仔（臺語——意即有車、有地、有房之人）一堆，加上環境的影響，在地的結黨成幫，外來的圍事組織，稍有資源的這些田僑仔，大概也不必經過什麼江湖的腥風血雨就可稱王，人人自封老大各據山頭，街上隨便一個刺龍繡鳳的都會跟你嗆聲：「混哪的？」也因為服務太多的老大，加上醫術高明，為了獎賞他，當地老大特地他封為××幫××醫院堂主。原本械鬥後一身傷痕累累，一律送往外縣市的兄弟也都聞聲而至，本身是內科專家，搞久了也成了外科能手，更慘的是敵對的一方也送來，仇人見面分外眼紅，當場續攤再幹，留下驚慌的病患，一群躲在櫃檯後頭皮皮挫的醫護人員，以及倒楣被海扁倒在地上的兄弟。

久而久之，眼觀四方，耳聽八面，我的同鄉也學會了急診人習醫之外的這些本能，並且傾囊相授，當你聽到：「老大，先哈根煙，反正還沒輪到你。」等等類似的語言，直覺就會告訴你，身邊圍著一堆年輕小伙子的那個男人是個老大，像我等這些在醫界生態鏈最底層的小醫師，怎得罪起老大，還是省點麻煩，直接了當走到老大面前：「老大，你的病看來不輕，先來吧！」大多數的病患都會識相的讓給老大，那些搞不清楚狀況的偶爾被罵兩句也就算了，有靠山的那受得了，一言不合就打了起來。原本來醫院看感冒，最後變成驗傷，開證明，上法院。話說回來，這些真的有病而來看診的老大都還算客氣，大吵大鬧的都是小弟居多，近年來老大的素質有些提升，也開始知道檢傷分類，乖乖等候之餘，還會路見不平大聲斥喝插隊的人搞清楚自己是第幾級的病患。

至於我，因為是急診人，當然也有幸服務老大。或許是古惑仔電影看多了，以為老大都是這麼風光，其實不然。我的第一位老大病患是在吉隆玻中央醫院神經外科急診碰到的年輕人，此君一身龍鳳，加上額頭沒入半把藍波刀，一臉鮮血，看樣子就快掛了，剛巧醫院的電腦斷層當機，插著管子接上呼吸器的老大被迫轉往私立醫院。私立醫院也嫌麻煩，救了可能也不會醒，加上萬多塊的押金，誰要付這筆錢？那群一直嚷著趕快救人，一副要拆掉醫院急診室的小弟馬上一翻兩瞪眼，把我和老大丟在醫院急診掉頭就溜，樹倒猢猻散，江湖的險惡、殘固和現實莫過如此。老大經此折騰那受得了，當然是一命嗚呼。有時會碰見過氣的老大，此時當然已無小弟使喚，只是還殘存一股「黑氣」，看得出來曾經風光過，不知為何落跑到小鎮，鼻涕直倒流，全身打寒顫，四肢發抖個不停，一看就知道是藥嗑得太少，沒法度，落難了，還帶什麼錢？醫生，來支Demerol（麻醉管制藥）吧！不然，我的手抖的這麼厲害，一不小心你的身體穿個洞也不好看。別以為這種事在夜闌人靜時才會發生，大白天拿著手榴彈來鬧場的不上道老大也有，還威風凜凜上新聞版面。至於怕仇家追殺，偷偷摸摸搞神秘造訪的大哥也不少。不知為何搞到發神經送去精神病院的是自稱吃遍全省的大佬（我想應該妄想症而不是老大吧！）最後連女人也棄之而去的老大最淒涼，哀號像鬼叫，醉酒後穢物吐得滿地，發酒瘋把醫院急診拆了，即使是虎落平陽人人欺的老大，老闆也不敢吭聲，只當作是財產損失報銷，畢竟爛船也有三寸釘，難保他日不會東山再起，我們得保留點後路。

這些失意的老大尚且如此，當朝權貴那還得了。直接叫我等推著床出去，倒楣鬼就在醫院外頭被拳打腳踢數輪後丟上，老大撇下一句：「歹勢，醫生，拜託了！」揚長而去。一旦傷風感冒，搞的好像世紀大絕症，技術差，長的醜的護士靠邊站，有點姿色的被迫上場，吃點豆腐難免，最後還真的成了老大的第×任押寨夫人。這些老大，出入都是寶馬賓士轎車，小弟團團圍繞，美女環抱，大口魚肉，煙酒不離，有全身勁裝、理平頭、叼根煙、嚼檳榔，開口閉口問候你祖宗十八代的老粗，也有衣裝畢廷，一派斯文，面帶微笑的帥哥。無論如何，他們都會生病，而且總會找到你。酒喝多了，肝不好，胃腸也有毛病，肺也被煙搞得烏漆麻黑，打拚久了，難免少根手指頭，額頭多了道疤，斷根手腳，這些都是小case，命保住了才有未來，其他免談。

這種服務老大的場景日常有之，久了，不曉得是職業之故，還是習慣使然，早已練就一套應對的模式，就像一條訓練有素的狗，骨頭丟來了，動作也跟著做出。唉！這麼多老大病患，我算老幾呢？真是一言難盡。當你看到那身滿是刀痕，被血跡染的通紅的飛鷹刺青老大被抬進急診急救無效時，可能也會和我一樣說到：「江湖這條路真的不是你想像的那麼好走。」老大可不是這麼好當的。威風背後的心酸事簡直說不完。「有多少人等著做老大的位子。」「多少人等著我開飯。」「我的壓力比你還大。」「醫生，你知道嗎？」嗚嗚嗚嗚，終於承受不了而崩潰的老大哭了，真是心有戚戚焉，我的眼眶也不禁紅了起來，兩個大男人就這樣抱頭痛哭。

背影

院長是醫院的頭兒，領著我們打拚，勞苦功高，平常見面的機會不多。第一，大家都不想被請去喝咖啡，說要見你準沒好事，不是被病患投訴就是目標還未達成，同志尚須努力。第二，貴人總是事忙，不是什麼要緊事就不必麻煩人家。第三，可能是上司與下屬的職場關係，總是有些顧忌，雖然人家不一定在意，自己也要多注意。第四，或許是個人言語的不善表達，見了面可能也不知道說什麼，俗話說多說多錯，乾脆避開為妙。即使不小心碰了面，多的是禮貌性的問候，寒暄的機會少，大半也都是公事的討論，科內業務意見的交流，或者根本就是胡扯哈拉一番，更多的時候是幾近哀求的口氣拜託協商調床，幫忙應付難纏的家屬病患，鮮少有私人的話題。或是因為如此，院內的刊物就特地闢了個「院長專欄」，原以為可以作為交流溝通的園地，沒想到談得都是硬梆梆的大道理，比如健保的應對、理念的實踐、政策的宣導、員工的鼓勵，拍的照片亦是笑臉迎人，表示院長年輕時可能也和我一樣是帥哥，卻也予人一種流於公式化的感覺——笑來笑去都是一個樣，理性多於感性，不僅本院院訊，其他醫院的內容也一樣，甚至還更差。然而，八月號的院長專欄「巡房的背影，如親的叮嚀」卻令人有意外的驚喜。它讓我想起了高中時唸的一篇散文——朱自清的〈背影〉。

朱自清是中國知名的現代散文作家，作品文字樸實，描寫細膩，感情深厚意境深遠，著有〈蹤跡〉、〈背影〉、〈歐遊雜記〉、〈經典常談〉等。〈背影〉是朱自清追憶多年前有一次父親送他上火車到北京，費力地為他上下月臺去買橘子的背影，作者父親含蓄的慈愛透過文章裏頭翻過月臺高牆的矮胖的父親的背影表露無疑，加上諒解與自責的複雜情緒交互纏繞，最終讓作者掉下淚來，看了相當令人感動。同樣的背影，卻不因時空迴異而有所不同，反而在一種你、我、他原來也一樣的了解中顯得更能引起共鳴。了解院長的人都知道，視病如親，莫過於此，理念堅持的背後就是你、我、他，不論如何都曾經是人家的兒子、女兒、父親、母親、兄弟姊妹。環顧我們的四周，不只醫護而已，一同工作的同仁都有這樣的人。偶而望著走在前頭的同仁的背影，原以為遙不可及，輕輕一觸，這才發覺，原來一直被人視為冷血無情，藏在剛毅堅強專業白袍背後以及制服的醫護執行人員，都有如此深情撼動人心的一面。〈巡房的背影，如親的叮嚀〉最後還是不能免俗的必須來點醫學的味道，鼓勵作父親的必須保重身體，遠離煙酒，保持健康的身體才是一家人幸福的保障，在八月八號父親節前夕格外顯得溫馨。

附錄　巡房的背影　如親的叮嚀

——為醫療人員的奮搏寫在父親節前夕

苗栗市大千健康醫療體系院長　徐千剛

遇逢病患，醫療人員要信守承諾堅挺在第一線上。常常自己省思：醫療人員沒有悲傷的權利，是他必須擁有鐵石心腸才如此，還是他必須承受更多新案才如此。在自己最忙碌、最掙扎的時候，才知覺到：我還要去追求《心靈境界》。梭羅（Henry D. Thoureau）在最近出版的《湖濱書簡》寫道：「生命裏醜陋的事沒有一樣不能消滅。我們要努力消除生命中可以想見的一切缺陷。……樹會找到合適的環境盡情長高，就算一棵小樹，都能從堅硬的地殼和石縫中鑽出來，樹猶如此，人何以堪？」

面對病患，我們早已有足夠的光亮，不必再他求更亮；當我們篤信未來會更亮，我們則會更有信心全力奮搏。這時兒稚的記憶匣全打開了，早期為家庭重擔打拚的父親，出門的背影清晰出現。小時候總分不清這個背影在晚歸疲憊中象徵什麼，直到在醫療線上巡房聽見自己的腳步聲才頓悟。在父親節前夕，我想到醫療人員盡責巡房的背影和貼心如親的叮嚀。

服務病患，要從最基本和最簡單的動作中去建構最終極和最艱鉅的使命，如同父親早上定時出門的背影建構晚上溫馨安眠的幸福。梁曉聲七月才出版的書畫書《父親》，郭至楨的推薦序〈穿越剛硬的父權，見到溫柔的父愛〉提到：「生命的離別，是一種時間的傷痛；但卻也是另一種，對彼此情感完全表露的美麗呈現。」「許許多多的遺憾，都是在數十年之後，才會感嘆那當時未能珍惜，匆匆一瞥的背影。」闔上一百五十七頁的圖文並茂，我也有同樣椎心的感受。許多美好的事物都是殊途同歸的，且將自己的感想與大家分享。

首先，我覺得文學作品和人們思念多將父親琢置在「背影」、「不苟言笑」、「嚴正叮嚀」上，很少會逆向去多寫些父親的「笑臉」、「貼心」、「謙卑」。向田邦子在《父親的道歉信》一書的〈行禮〉寫道：

守靈的夜晚，大門口突然傳來一陣騷動聲，有人大喊：「社長來上香了。」坐在祖母棺木旁的父親幾乎踢開一旁的弔唁賓客般往門口飛奔過去，然後趴在地板上對著一位中年男子行禮如斯。與其說是行禮，應該說是跪拜。……那也是我頭一次看到父親那麼謙卑的態度。

原來在我們看不見的地方，父親是以這種姿態在戰鬥……直到今天只要想起那一夜父親的模樣，我的胸口便一陣激動。

其次，文學作品中對父親多是「晚歸醉酒」及「飯後點煙」的描述，很少「遠煙酒、多慢活」的記載。在現代「遠無聊、多有機」的時代，是應該重新塑造父親的健康形象。簡媜在一九八六年描述父親的〈漁夫〉文中至少有四、五段對父親煙酒的關鍵文字，甚至因父親屢屢酒醉而動念棄絕及日後無盡的懊悔。向田邦子《父親的道歉信》從頭到尾至少有五十段對父親煙酒的回想。我可以推論：「多煙酒的父親」和「早逝的父親」有相當的關聯。建立長壽與子女緣深的父親企盼，少煙酒是必要條件。

最後，祝福所有同仁及鄉親——父親節快樂，並以梭羅《湖濱書簡》的文字與大家共勉：「人類的工作是擦亮世界，每個人都要擦一點。假如工作是高遠的，你不能只是對準目標，還要全力把弓拉滿。」

釀文學67 PG0704

我是急診人

作　　者	廖宏強
責任編輯	林泰宏
圖文排版	鄭佳雯
封面設計	陳佩蓉

出版策劃	釀出版
製作發行	秀威資訊科技股份有限公司 114 台北市內湖區瑞光路76巷65號1樓 電話：+886-2-2796-3638　傳真：+886-2-2796-1377 服務信箱：service@showwe.com.tw http://www.showwe.com.tw
郵政劃撥	19563868　戶名：秀威資訊科技股份有限公司
展售門市	國家書店【松江門市】 104 台北市中山區松江路209號1樓 電話：+886-2-2518-0207　傳真：+886-2-2518-0778
網路訂購	秀威網路書店：http://www.bodbooks.com.tw 國家網路書店：http://www.govbooks.com.tw
法律顧問	毛國樑　律師
總 經 銷	聯合發行股份有限公司 231新北市新店區寶橋路235巷6弄6號4F 電話：+886-2-2917-8022　傳真：+886-2-2915-6275

出版日期	2012年3月　BOD一版
定　　價	220元

Printed in Taiwan

國家圖書館出版品預行編目

我是急診人 / 廖宏強著. -- 一版. -- 臺北
市：釀出版, 2012.03
面； 公分. --（釀文學 ; PG0704）
BOD版
ISBN 978-986-6095-92-4（平裝）

855 101001024

讀者回函卡

感謝您購買本書，為提升服務品質，請填妥以下資料，將讀者回函卡直接寄回或傳真本公司，收到您的寶貴意見後，我們會收藏記錄及檢討，謝謝！如您需要了解本公司最新出版書目、購書優惠或企劃活動，歡迎您上網查詢或下載相關資料：http:// www.showwe.com.tw

您購買的書名：________________________________

出生日期：________年________月________日

學歷：□高中（含）以下　□大專　□研究所（含）以上

職業：□製造業　□金融業　□資訊業　□軍警　□傳播業　□自由業

□服務業　□公務員　□教職　□學生　□家管　□其它______

購書地點：□網路書店　□實體書店　□書展　□郵購　□贈閱　□其他

您從何得知本書的消息？

□網路書店　□實體書店　□網路搜尋　□電子報　□書訊　□雜誌

□傳播媒體　□親友推薦　□網站推薦　□部落格　□其他__________

您對本書的評價：（請填代號　1.非常滿意　2.滿意　3.尚可　4.再改進）

封面設計____　版面編排____　內容____　文／譯筆____　價格____

讀完書後您覺得：

□很有收穫　□有收穫　□收穫不多　□沒收穫

對我們的建議：________________________________

____

____

____

請貼
郵票

11466
台北市內湖區瑞光路 76 巷 65 號 1 樓
秀威資訊科技股份有限公司 收
BOD 數位出版事業部

（請沿線對折寄回，謝謝！）

姓　　名：＿＿＿＿＿＿＿＿＿＿　年齡：＿＿＿＿　性別：□女　□男

郵遞區號：□□□□□

地　　址：＿＿＿＿＿＿＿＿＿＿＿＿＿＿＿＿＿＿＿＿＿＿＿＿

聯絡電話：(日)＿＿＿＿＿＿＿＿＿＿(夜)＿＿＿＿＿＿＿＿＿＿

E-mail：＿＿＿＿＿＿＿＿＿＿＿＿＿＿＿＿＿＿＿＿＿＿＿＿＿